SCÈNES DE LA VIE DE PROVINCE

DU MÊME AUTEUR

Freud à l'Élysée ou les Présidentiables sur le divan, Paris, le Pré-aux-Clercs, 1988.

Paul Amar

SCÈNES DE LA VIE DE PROVINCE

FLAMMARION

ISBN : 2-08-066321-6
Imprimé en France

A ma mère

1

Voyeur. Profession : voyeur. Je me surprends ce soir à « mater » une ville comme on mate une fille. Une ville qui n'a rien à montrer, du moins le croit-elle, qui n'a rien à cacher, du moins le dit-elle.

Alors, pourquoi la dévisager en douce? Pourquoi la déshabiller, d'un regard avide, planqué derrière un double rideau de chambre d'hôtel, chambre trente-cinq, troisième étage, sous la rotonde? Pourquoi l'avoir choisie, elle plutôt qu'une autre, inconnue, ignorée, quelconque?

Précisément, parce qu'elle est quelconque.

J'aurais pu, gourmand, me laisser tenter par une ville star, une ville paillettes, une ville luxure. J'ai préféré « découvrir » une ville pudique. Une ville qui ne dit rien depuis des lustres, qui ne s'offre pas, seins nus, comme Saint-Tropez, aux touristes gloutons – il n'y a pas de touristes –, qui ne se livre pas, bavarde comme Marseille, aux journalistes curieux, qui ne manifeste pas, insolente et fiévreuse comme Paris, pour une augmentation de salaire ou pour les Droits de l'Homme.

Non, elle se tait, timide et repliée, et préfère vivre, tranquille, dans ses petites maisons aux façades grises et aux toits gris, blotties les unes contre les autres, loin des projecteurs, loin de la lumière, loin du bruit.

C'est dur d'entrer par effraction dans une ville qui n'aime pas le bruit et qui guette, inquiète, le moindre étranger, qui se demande ce qu'il veut, où il va, d'où il vient.

C'est angoissant d'arriver le soir à Châteauroux sur la pointe des pieds, pour ne pas déranger l'habitant.

Châteauroux, capitale du Berry, région Centre, France profonde. France très profonde.

Il est à peine vingt heures et tout est fermé. J'ai posé mon balluchon, mais j'ai déjà envie de repartir pour Paris. Je sais qu'à cette heure, Paris, ma ville, s'habille, se maquille, se fait belle pour sortir, dîner, danser, applaudir ou siffler. Paris, l'excentrique, se prépare, frémissante, à entrer dans la nuit. Châteauroux, l'anonyme, s'assoupit et se laisse couvrir par la brume. Un léger voile, comme un édredon. Pour mieux s'endormir.

Que faire, quand on n'a pas sommeil? quand on ne connaît personne? quand on débarque, comme un intrus, et qu'on s'apprête, sans prévenir, à s'installer dans la ville, à s'immerger pour de longues semaines, à plonger en pays inconnu, en apnée, sans oxygène, sans utiliser un carnet d'adresses, sans équipe, sans télé, sans caméra. Être soi-même la caméra et se glisser, invisible, derrière les façades grises et muettes, pour regarder, observer, écouter. Voler les mots, briser le masque que l'on porte tous, et surprendre les regards. Sont-ils aussi gris que les murs?

Sonder seul toute une ville! Entreprise insensée? Sans doute. Pourquoi ne pas commander plus simplement à un institut spécialisé une enquête sur l'état d'esprit des Français qui vivent aujourd'hui dans une ville moyenne, deux cents ans après la Révolution? Le résultat serait rapide et riche en chiffres, courbes et statistiques. La photo serait nette. Mais une photo, ça ne parle pas. On se satisfait trop aujourd'hui des réponses laconiques à des questions posées dans l'entrebâillement d'une porte par des enquêteurs pressés. Oui : quarante-cinq pour cent. Non : trente-cinq pour cent. Sans opinion : vingt pour cent...

Comment déceler dans ces oui, non, sans opinion, une émotion, une joie, une douleur, un cri?

Comment peindre une époque, une ville, un pays, avec pour seuls pinceaux un formulaire administratif et un minitel? Minitel. Tout est dit dans ce mot, dans ces mots : mini et tel. Comment avoir une vision globale de la société française, « totale » dirait le philosophe, quand nos gestes, comme nos mots, sont réduits, raccourcis, amputés. Quand nous regagnons aussi vite que possible nos cages, nos bulles respectives. Quand la communication, l'« interactivité » dit-on aujourd'hui, se résume à un « dialogue » sur écran. Signe des temps. On se parle désormais comme on fait l'amour. Avec un filtre. A distance. La peur au ventre. Pour mieux se préserver.

« Je ne veux pas tremper ma plume dans un encrier, mais dans la vie. » Cette belle phrase de Cendrars guide mes premiers pas dans la ville. Mais la vie, ce soir, est cloîtrée. Cinquante-cinq mille habitants et pas un promeneur. Volets clos et reflets bleutés, la télé sans doute...

Quelle idée aussi, d'arriver un 1er novembre! Tout est sombre, le ciel, les toits, les murs, les rues. Quelques ombres, place Sainte-Hélène, place Gambetta, rue Victor-Hugo; des passants, mais ils passent vite, sans prendre le temps d'admirer les bouquets de fleurs mauves, jaunes, blanches, innombrables, que la municipalité a fait déposer délicatement dans des « vases » en béton à tous les coins de rues. L'entretien doit coûter cher, mais Châteauroux s'enorgueillit d'être la ville la plus fleurie de France. Les seules touches de couleurs dans cette nuit noire – sans étoiles : des chrysanthèmes.

Où aller dîner quand on a faim et froid en plein Berry? A Paris, à cette heure, les cafés se remplissent. A Châteauroux, le café de Paris est fermé. Le Pub est ouvert, mais seulement à ceux qui ont soif. Reste l'Escargot, rue Jean-Jaurès – moi qui déteste les escargots. Je me contenterai d'une omellette aux cèpes et d'un verre de chinon, dans une salle déserte, enfin presque. Une seule table occupée par un couple étranger. Ils parlent anglais, mais avec un fort accent américain.

Que font-ils ici à Châteauroux un soir de Toussaint? Du tourisme? dans ce cas, ils seraient plus au nord, du côté des châteaux de la Loire. Un pèlerinage? Des milliers de GI's ont débarqué ici en 1953 et y ont vécu pendant plusieurs années avant de repartir, sur ordre de De Gaulle.

Châteauroux-la-nostalgique ne l'a pas oublié et en a gardé quelques traces, visibles la nuit surtout : le bar Chez Jo ou la Boîte, le Blue Lagoon qui veut vivre, qui croit vivre comme on vivait à Saigon, ou à Pnom Penh au temps des Américains.

Je comprends que les deux serveurs qui se tiennent debout, immobiles m'ont reconnu, se demandent ce que je peux bien faire ici, seul; je comprends qu'ils ne soient pas dépaysés par la musique que Radio-Berry Sud distille à l'Escargot, la musique de *Bagdad Café* tourné dans le Deep South américain, le Sud profond, « In the middle of nowhere », au milieu de nulle part. Un blues languissant et mélancolique. Entre Vierzon et

Limoges, nationale 20, j'ai l'impression d'être, moi aussi, au milieu de nulle part.

Réussirai-je à explorer cette terre berrichonne, déserte et plate, ces bocages et ces plaines qui s'étendent à perte de vue, entre Levroux et Châteauroux, avec pour seuls arbres les poteaux télégraphiques? Je n'en suis pas sûr.

Réussirai-je à saisir l'humeur de cette ville discrète qui me sert d'échantillon dans ce sondage grandeur nature et qui se trouve au centre de la région Centre, au cœur même du Pays? Je me le demande en reprenant le chemin de l'hôtel. De l'Élysée hôtel. Je n'invente rien. J'aurais pu descendre à l'hôtel de la Gare ou à l'hôtel du Berry, mais je n'ai pas résisté au plaisir de dormir à l'Élysée.

L'hôtel lui-même n'a pas la prétention de ressembler au palais présidentiel, malgré sa façade 1900. Ma chambre n'a pas l'allure de la chambre, pardon de la suite présidentielle. Ni lambris ni bureau Louis XV. Tout juste un lit, une table et une petite armoire en rotin. Et personne pour servir après vingt heures : Mme Volatron, la patronne, est déjà dans ses appartements et il n'y a pas de veilleur de nuit : les charges sont trop élevées.

Tiens, Mitterrand est en face! C'est cocasse, je dors à l'Élysée et Mitterrand vit dans un magasin. « Électricité – Mitterrand – Espace – Lumière » : voilà l'enseigne que j'aperçois de l'Élysée Hôtel. Châteauroux-la-grise aurait-elle de l'humour? Ou bien tout bêtement le Président aurait-il un cousin berrichon?

Impossible de le savoir ce soir. Le magasin est fermé, mais il est encore éclairé. Et que vend-il, Mitterrand? Des lampes de toutes sortes, de toutes tailles et de toutes les couleurs. Anciennes et modernes, belles et laides.

Des lampes de chevet ou de bureau, des lampes de poche ou de radio, des lampes fluorescentes, des lampes sur pied, ou à pinces, à abat-jour ou au néon... Mitterrand-l'électricien propose tous les styles de lampes, toutes les formes, à tous les prix. Il comprend que ses clients puissent avoir des goûts très différents. Mais il tient à les satisfaire. Et le sien, quel est-il? Préfère-t-il le moderne à l'ancien, la lampe de luxe à la lampe bon marché? Difficile de répondre, il les expose toutes avec un tel soin! Difficile de trouver dans ce bric-à-brac illuminé un style dominant, une ligne directrice. Il est malin, Mitterrand. Il ne veut choquer personne. Il tient à garder tous ses clients.

Les gardera-t-il? Le pharmacien, l'instituteur, le maçon, le boucher, l'éducateur, le fonctionnaire, l'industriel qui lui ont acheté une lampe au printemps dernier reviendront-ils? Retrouveront-ils la qualité de la lumière qu'ils avaient appréciée et qui les avait incités à s'arrêter chez lui et pas chez le concurrent? Ils l'avaient même pris pour un magicien. Il lui suffisait de parler, de prononcer quelques mots et la lumière, sa lumière, les éblouissait comme la lumière de Provence, douce ou violente. Elle leur faisait oublier Châteauroux; elle les faisait rêver. Rêvent-ils encore? Mitterrand-l'électricien, Mitterrand-l'enchanteur a-t-il toujours ce pouvoir?

Je brûle déjà de poser la question à tous ceux qui vivent autour de l'Élysée Hôtel et qui doivent représenter toutes les couches de la population, tous les secteurs. La chambre trente-cinq sera mon poste d'observation. Comment ne pas voir dans ce lieu un symbole ! J'ai l'impression que tout s'ordonne autour de cet hôtel construit au cœur même de Châteauroux. En un seul regard, je peux faire le tour de la République, de la place de la

République. Tout ce qui fait une cité, un pays, existe ici, comme dans un jeu lego pour enfants, comme dans un puzzle en format réduit, à la mesure d'une ville à dimension humaine, une ville où tout est moyen, sauf les temples.

L'église catholique Saint-André, dite la Cathédrale, domine Châteauroux de ses deux tours gothiques, pâle réplique de Notre-Dame de Paris; le temple du pouvoir local, l'hôtel de ville, n'ose tout de même pas la défier : il se contente de huit étages. Enfin le temple de la consommation, les Nouvelles Galeries se dressent face à la mairie et font de l'ombre à tous les petits commerces de la rue Victor-Hugo, de la rue de la Poste ou de l'avenue de la Gare.

Et si la ville n'avait rien à dire? Je me pose la question en poursuivant ma visite nocturne, en m'arrêtant devant le tout nouveau centre universitaire, rue de la République, juste en face de la très ancienne ANPE! Et si Châteauroux se contentait de vivre paisiblement, à l'abri de tous ces fléaux où s'abîment les grandes métropoles, métrofolles. Ici, pas de folie, même à minuit. Rues propres, murs propres, passants pressés, maisons fermées. Et le silence. Un silence oppressant pour le Parisien de passage, pour le nomade, mais sans doute apaisant pour le Castelroussin, pour l'autochtone.

Et si je découvrais au cours de ce voyage ce qu'on ne voit plus dans les rues des grandes villes : la paix, la quiétude, l'opulence, le bonheur, oui le bonheur? Drôle de mot aujourd'hui. Il paraît démodé, ridicule. J'ai hésité avant de l'écrire. Châteauroux paraît si calme à minuit, et si sereine. Peut-être faudra-t-il désormais émigrer et quitter la grand-ville pour échapper à la violence, au racisme, à la drogue, au sida, à la misère?

Devrait-on présenter les journaux télévisés de province pour montrer une autre image de la France, une autre image de la société civile, de la société réelle, celle qui n'est pas médiatisée, et lui donner la parole, à condition qu'elle veuille la prendre?

Je vais tenter de le faire mais je ne suis pas sûr d'y parvenir. Elle dort si bien en ce moment, la France, dans ses petites maisons grises à Châteauroux, dans le Berry, si près de Paris, si loin de Paris.

Une heure du matin. Il est temps de rentrer à l'Élysée Hôtel. J'espère ne pas avoir égaré la clef de la chambre trente-cinq : jamais je n'oserais déranger Mme Volatron.

2

– Bonjour! Votre petit déjeuner est prêt. Est-ce que je peux entrer?

Je n'ai même pas le temps de répondre que le plateau se trouve déjà sur la petite table en rotin.

Un vrai clairon, Mme Volatron!

Pourtant, la ville somnole encore. La brume toujours. Elle rend les automobilistes prudents. Mais ils semblent l'être en toutes circonstances. Prudents et patients.

Comment commencer mon enquête?

Faut-il téléphoner au maire de Châteauroux, Daniel Bernardet, qui joue si bien aujourd'hui l'air du temps – il est centriste – et au préfet André Aubry-Lecomte, qui a réussi à traverser deux alternances, celles de 1986 et de 1988? Non. Ils me montreraient les belles avenues de la ville ou les fermes performantes du département. Ils seraient d'ailleurs dans leur rôle. Je préfère, pour l'instant, suivre d'autres guides, emprunter des sentiers. Quels guides? Quels sentiers?

La réponse ne tarde pas.

– Que faites-vous ici? me demandent-ils au

moment même où j'achète, à la Civette le journal local, *La Nouvelle République du Centre-Ouest.*

– Et vous?

– Nous? On vit ici.

– Depuis longtemps?

– Depuis vingt ans.

Deux Arabes dans le Berry depuis vingt ans!

– Vous semblez étonné, me disent-ils.

– Oui, je l'avoue. Je n'aurais pas été surpris de vous rencontrer à Paris, à Marseille ou dans une ville frontalière. Mais ici, en plein centre du pays, j'avoue que cela m'étonne. Je ne comprends pas.

– Vous ne comprenez pas quoi? Nous sommes nombreux à Châteauroux, vous savez.

– Non, je ne savais pas. Mais vous vous êtes égarés ici, il y a vingt ans?

– Pas du tout. Nous avons choisi le Berry.

– Mais vous n'y êtes pas nés?

– Non. Nous sommes nés au Maroc.

– Et vous préférez Châteauroux à Marrakech ou à Casablanca?

– Oui.

– Malgré le froid?

– Quel froid? Vous avez froid, vous?

Oui, j'ai froid. Le brouillard s'est dissipé. Mais un vent glacial s'est engouffré place de la République. Tahiri et Boumediene ne grelottent pas pour autant. Ils sont habitués. Tahiri, trente-huit ans, Boumediene, vingt-huit ans. Berrichons d'adoption et Marocains d'origine.

La rencontre est si inattendue que nous décidons de la prolonger autour d'un café, au café de Paris, à deux pas de l'Élysée Hôtel, au pied même de l'hôtel de ville. Je remarque d'ailleurs, en entrant, la présence de plusieurs immigrés, mais les autres clients semblent indifférents. La cohabitation serait-elle plus facile en France profonde?

– Oui, me répondent-ils. Mais en appparence, en apparence seulement.

– Vous n'êtes pourtant pas agressés?

– Non. C'est vrai. On ne nous agresse pas, on ne nous insulte pas ici. Mais le regard... c'est terrible, le regard. Vous savez, le racisme, ce n'est pas forcément un mot ou un geste...

Racisme. Le mot est lâché. Je m'étais gardé de le prononcer. Ce sont eux qui le font. Parce qu'ils en souffrent. De quelle manière?

– Oh! on le voit bien, confie Tahiri, quand on cherche du travail par exemple. J'ai trouvé récemment un emploi de soudeur. C'est mon métier. J'ai téléphoné aussitôt au directeur de l'usine. C'était à quarante kilomètres de Châteauroux. Il voulait que je commence à travailler le lendemain même. J'étais si heureux que je me suis réveillé à cinq heures du matin. Pour rien. Quand il m'a vu, il a bredouillé, hésité et finalement refusé. Sans explication. Je n'en avais pas besoin. Il devait penser que j'étais français, je n'ai pas d'accent et puis quand il a vu « ma gueule »...

C'est vrai, je m'en rends compte en l'écoutant, Tahiri n'a pas l'accent arabe. Il n'a pas l'accent berrichon non plus.

– On peut vivre aussi avec un raciste sans le savoir, renchérit Boumediene. Je joue dans une équipe de football à Neuvy, près de Châteauroux. Un jour, on m'a mis en garde contre l'un de mes coéquipiers. On m'a dit : « Tu sais, Lionel est raciste. Sois prudent. » Je suis allé le voir et on en a parlé franchement. Il a reconnu qu'il n'aimait pas les Arabes. « Mais je suis arabe. » « Oui, mais toi, tu travailles, m'a-t-il dit. Je n'aime pas les Arabes qui ne travaillent pas. »

– Que lui avez-vous répondu?

– Qu'il y avait aussi des Français qui ne travaillaient pas.

– Vous jouez toujours ensemble?

– Oui.

– A quels postes?

– Je suis arrière droit.

– Et lui?

– Arrière-gauche.

– Et vous vous entendez bien?

– Sur le terrain, très bien, dit-il avec une pointe d'amertume.

Mais alors, pourquoi restent-ils en France, s'ils ont un tel sentiment de malaise?

– Parce que mon enfant est né à Châteauroux, réplique Tahiri. Il est français.

– Parce que ma mère ne veut pas quitter le Berry, ajoute Boumediene. Et moi non plus. Je suis arrivé ici, dans l'Indre, à l'âge de huit ans. J'ai vécu à Verneuil-sur-Indre, à Neuvy, à Déols, aujourd'hui à Châteauroux. C'est ma région, martèle-t-il, c'est mon pays. Ma langue. Si j'allais au Maroc ou en Algérie, je serais considéré comme un étranger. Je me comporterais moi-même comme un étranger. Et je ne supporterais pas ce qui se passe en ce moment là-bas, aussi bien en Algérie qu'au Maroc. J'ai pris goût à la liberté. C'est ce que j'aime ici.

Terrible aveu, de la part de deux hommes jeunes, bruns, « arabes », qui vivent dans le Berry, ballottés entre deux cultures, deux pays, deux civilisations, deux rivages mais attirés irrésistiblement par la rive nord. Et déterminés à s'intégrer dans ce paysage, dans cette Champagne berrichonne, où ils ne trouveront ni dattiers, ni cocotiers, ni minarets, ni thé à la menthe. Décidés à rester.

– Pour quoi faire?

– Pour ouvrir un magasin.

– Fruits et légumes?

– Décidément, répliquent-ils goguenards, les clichés ne vous font pas peur. Non, on veut créer un vidéo-club et louer des films. On s'apprête à ouvrir un registre à la chambre de commerce et à présenter un budget provisionnel.

– Pourquoi un vidéo-club?

– Parce que le cinéma n'offre ici que des films comme *Rambo III ou IV*, précise Boumediene.

– Tout de même, le Scarlett diffuse en ce moment *Affaires de femmes* de Chabrol.

– C'est vrai, rétorque-t-il aussitôt. Mais pour un *Grand Chemin*, un *37°2 le matin*, combien de navets ou de mauvais films américains? Et puis trente-cinq francs la place, c'est trop cher. Nous, on pourrait offrir *Manon des Sources* pour vingt francs seulement...

A Châteauroux, tout le monde le croit encore arabe. Boumediene n'a pourtant pas d'accent. Il aimerait sûrement en avoir un.

3

Seigneur Toi notre Père
Prends pitié de nous.

Un autel dressé en pleine forêt, au milieu de chênes immenses.

Seigneur Toi qui nous aimes
Prends pitié de nous.

Un prêtre en soutane blanche, paumes ouvertes vers ces chênes centenaires.

Et que Dieu Tout-Puissant
Nous fasse miséricorde.

Des fidèles en redingote bleue et bottes de cuir noir.

Qu'il nous pardonne nos péchés.

Une fanfare en redingotes rouges et trompes de cuivre.

Et qu'il nous conduise près de Lui
Jusque dans l'Éternité.

Une messe sous un ciel bleu, à quelques kilomètres

à peine du café de Paris, à la sortie de la ville, dans la forêt de Châteauroux.

Boumediene, s'il se trouvait à ma place, penserait aussitôt, en cinéphile incollable, à *Pain et Chocolat* de Franco Brusati. Mais Boumediene n'assiste pas à cette messe malgré son désir d'intégration. Et je mesure à quel point le fossé entre ces deux mondes qui vivent dans la même ville est immense.

Les hommes en redingote bleue à parements rouges font partie de l'équipage Boischaut Bas-Berry. Les hommes en redingotes rouges à parements bleus composent l'équipage Valençay. Les deux équipages qui se sont donné rendez-vous dans cette clairière de la forêt de Châteauroux ne vont pas s'affronter, mais jouer ensemble, côte à côte, à un jeu fort prisé dans la région : la chasse à courre.

C'est la seconde surprise de cette immersion en France du Centre. Je ne pensais pas en quittant Paris, en oubliant les embouteillages monstres de la Bastille, que j'allais faire également un voyage dans le temps. Là aussi, le fruit du hasard. Une invitation, tout simplement, lancée par Patrick Serpeau, à la suite d'une rencontre imprévue. Patrick Serpeau : l'un des chirurgiens les plus connus de Châteauroux, jeune, quarante et un ans, ambitieux, intelligent, sorti tout droit d'un roman de Balzac mais ayant fait habilement le parcours inverse d'Eugène de Rastignac. Il a préféré quitter l'empire parisien, trop vaste à son goût, pour conquérir la petite « colonie berrichonne » et pour en devenir, il l'espère, l'illustre représentant au Parlement. Mais il a encore du chemin à faire. Châteauroux ne se laisse pas subjuguer comme Paris. A Châteauroux, on chuchote, on ne clame pas. On séduit, on ne s'impose pas. En attendant d'apprivoiser la ville, le chirurgien de la clinique Saint-François a réussi à charmer un monde plutôt fermé, méfiant, et à entrer, roturier fringant et séducteur, dans l'équipage Boischaut Bas-Berry où la particule tient lieu de mot de passe.

Patrick Serpeau est particulièrement ému aujourd'hui, comme tous les autres « boutons » – les membres de l'équipage. C'est en effet la Saint-Hubert. Ils ont donc choisi ce jour pour organiser la première chasse à courre de l'année. Ils ne pouvaient pas le faire sans la bénédiction du prêtre qui donne à ce rite, immuable en Bas-Berry, un caractère solennel et qui, après avoir lu la lettre de saint Paul aux Corinthiens, demande aux fidèles de reprendre en chœur.

Le prêtre :

Comme un cerf altéré cherche l'eau vive

Mon âme a soif du Dieu Vivant.

Les hommes en redingote bleue :

Comme un cerf altéré cherche l'eau vive
Mon âme a soif du Dieu Vivant.

Humour noir ou provocation inconsciente? Qu'en pense le cerf qui va sans doute mourir?

Le prêtre :

Agneau de Dieu
Qui enlève le péché du monde
Prends pitié de nous.

Les hommes en redingote bleue :

Agneau de Dieu
Qui enlève le péché du monde
Prends pitié de nous.

Qu'en pense la biche qui s'apprête à courir?
Silence.

Je guette moi-même l'écho de la forêt. Mais il ne renvoie rien. Le cerf et sa harde se gardent bien de bramer. Ils seraient repérés et comprennent au son des trompes qui retentissent dans la clairière que l'homme à la dague n'est pas loin; la meute non plus.

Le « jeu » va commencer. Mais les cerfs ont un sursis de quelques minutes. Un autre rite commence. Après la messe, le « rapport ». Changement de cadre, changement de ton. Le président de l'équipage Boischaut Bas-Berry, Robert de la Rochefoucauld, et le Maître d'équipage, Bernard de Fougères, « réunissent » au carrefour Picard, à l'embranchement de plusieurs sentiers et layons, tous les participants à la chasse, hommes, femmes, chevaux et chiens, et dans un vacarme étourdissant – les chiens sont si impatients –, demandent aux « valets de limier » de faire le rapport.

– Je suis en poste depuis six heures quarante-cinq, au carrefour du Rendez-Vous, dit le premier valet, et je n'ai rien vu. Et baissant la tête, comme s'il se sentait coupable d'avoir mal travaillé, il ajoute : – J'ai aperçu deux chevreuils, pas de grands animaux. »

– J'ai pris, dès l'aube, l'Allée Verte dit le second valet. Et j'ai vu à cet endroit une harde de biches avec un cerf, un grand daguet.

– Faites taire les chiens, ordonne le Maître d'équipage, agacé par les hurlements des bêtes dont l'impatience croît.

– Je suis allé de la fosse aux Grenouilles à la verrerie, confirme le troisième valet et j'ai bien reconnu un grand daguet.

– Bien. Voilà comment nous allons attaquer, lance le Maître d'équipage. Nous allons d'abord « découpler » (lâcher) quatre ou cinq « rapprocheurs » (chiens d'attaque) pour repérer le daguet. Ensuite... Bernard de Fougères n'a pas le temps de terminer sa phrase; les regards des hommes et des femmes en redingote, des piqueurs, des valets, des chiens, des palefreniers se sont tournés vers un daguet et deux biches, immobiles, à une centaine de mètres. Suicide ou provocation?

– C'est la première fois que ça nous arrive, murmure, réjoui, un veneur. Saint Hubert est avec nous.

– Pas de temps à perdre, décide le Maître d'équipage. Lâchez la meute!

Et la troupe s'élance, chiens, chevaux et chasseurs, à la poursuite du jeune daguet, sous l'œil admiratif d'un jeune homme vêtu d'un parka vert. Il rêve de participer à une chasse à courre. Mais il n'osera jamais le demander. Alors, il se contente de venir, le jour de la Saint-Hubert, avec une paire de jumelles et des provisions, pour suivre les cavaliers, s'il le peut. Il ne veut d'ailleurs pas perdre de temps et s'engage, seul, dans l'allée Louis XIII. Jean-Jacques Gerbaud est ouvrier à l'usine hydro-aluminium de Châteauroux. Il rentrera ce soir, ravi de sa journée, et pourra la raconter avec force détails à ses amis.

– Le final a eu lieu vers seize heures. C'était beau, dira-t-il... Le daguet était au milieu de l'étang. Il voulait semer les quarante-neuf chiens, mais il était lui-même épuisé. Son dos était voûté, c'est un signe. Il s'est laissé encercler. Et ils ont sonné l'hallali.

Le jeune homme aurait sans doute aimé le « servir ». Mais cette noble tâche a été réservée au « piqueur » qui est monté à bord d'une barque et qui a « servi » le jeune cerf : il l'a achevé à coups de dague, avant d'organiser la curée, à coups de trompe...

« Le cerf altéré » n'aura même pas eu le loisir de boire, dans l'étang, l'eau vive qu'il cherchait...

4

Faut-il condamner? Ce n'est pas l'objet de ce voyage en France profonde. Je laisserai au lecteur le soin d'apprécier. Je me contenterai de décrire ce que je vois, à la manière d'un ethnologue, d'un ethnographe plus précisément, et d'établir un diagnostic sur l'état de la cité, l'état du pays, à quelques années du troisième millénaire.

Je pressens en quittant la forêt de Châteauroux la difficulté de la tâche. Comment ne pas être dérouté par ces deux premiers tableaux que le Berry m'offre en guise de bienvenue : la chasse à courre et l'immigration. Deux tableaux qui pourraient dater, l'un du XVIIIe siècle, l'autre du XXIe siècle. Des nostalgiques d'un côté, à la recherche de leurs racines, sur les traces de leurs ancêtres qui chassaient comme ils chassent aujourd'hui, attachés à leurs châteaux, qu'ils essaient de sauver de la ruine, tant bien que mal... Mme de Montesquieu est contrainte de faire visiter elle-même le château de Villegongis, M. de la Rochefoucauld organise, pour les Américains qui en sont friands, des chasses à la « Mode Ancien Régime ». Des mutants de l'autre, fuyant leurs propres racines et tentant désespérément d'en trouver de nouvelles, à la recherche eux, d'une identité, d'une culture qui les rendrait enfin épanouis, ici et maintenant.

Mme de Montesquieu et Boumediene, qui habitent à quelques kilomètres à peine l'un de l'autre, vivent sur deux planètes différentes et ne se rencontrent jamais. Mais Boumediene croisera peut-être, sans le savoir, le fils de Mme de Montesquieu à l'ANPE. Il cherche, lui aussi, du travail. « Malheureusement, dit-il, je ne suis ni polytechnicien ni énarque. »

Et l'on découvre en l'écoutant que le statut, le confort, l'origine ne l'immunisent pas pour autant contre ce mal qui frappe toutes les villes de France : le chômage. Châteauroux n'échappe pas au fléau. Je n'ai qu'une cinquantaine de mètres à faire pour le constater. L'ANPE n'est pas loin de l'Élysée Hôtel, mais à mon arrivée, surprise, l'agence est fermée. Devant la grille, un couple, un jeune homme brun en blouson gris et une femme blonde au manteau blanc, distribuent des tracts roses aux passants. Georges Robert est militant CFDT, Geneviève Champagne est syndiquée FO. Ils travaillent tous les deux à l'ANPE et ils sont en grève, comme tous leurs collègues. Pourquoi?

– Parce que ça ne peut plus durer. Nous sommes fatigués. Nous sommes vingt ici, pour sept à huit mille demandeurs d'emploi. Trois d'entre nous, trois jeunes femmes prospecteurs-placiers, sont en congé de maternité. Elles ne sont même pas remplacées.

– Depuis combien de temps êtes-vous là?

– Depuis ce matin.

– Quelles sont les réactions des demandeurs d'emploi?

– Très diverses, dit Georges Robert avec un sourire.

Arrive précisément l'un d'entre eux. Il se montre d'abord surpris, puis agressif.

– L'ANPE ne doit pas se mettre en grève, proteste-t-il. Si vous n'êtes pas assez nombreux, y a qu'à embaucher!

– On voudrait bien, répond le syndicaliste, mais *ils* ne veulent pas.

– Pourquoi?

– Pour ne pas créer une structure permanente. Pour ne pas donner le sentiment que le chômage risque de durer longtemps.

Dialogue ubuesque!

Un autre chômeur intervient.

– Pourquoi faites-vous grève? Pour des sous?

– Non. Pour des conditions de travail. Et surtout un statut.

– Ah bon! Dans ce cas, je comprends. C'est vrai qu'il faut toujours attendre longtemps chez vous.

– Moi aussi, je comprends leurs raisons, ajoute une jeune fille qui se mêle à la conversation. Je les vois travailler, c'est infernal. Moi-même je cherche un SIVP (un stage d'initiation à la vie professionnelle) dans le secrétariat, je cherche depuis huit mois et je ne trouve pas. Je suis prête à faire autre chose. N'importe quoi!

Georges et Geneviève ne saisissent pas la perche que leur tend cette jeune fille, sur le trottoir de la rue de la République. Ils ne sont pas en mesure de le faire. Et pourraient-ils décemment lui proposer, par exemple, le poste d'une de leurs collègues qui, pour mille cinq cents francs par mois, accueille tous les jours, à l'ANPE, plusieurs dizaines de personnes, les inscrit, leur donne des informations et les dirige vers les stages? Mille cinq cents francs par mois à mi-temps!

« L'ANPE, un endroit où l'on vient chercher du travail, peut-on lire sur le tract rose, l'ANPE, un endroit où il vaut mieux ne pas travailler. »

Et pourtant, ils y tiennent à leur agence et à leur

travail, Georges Robert et Geneviève Champagne. Georges Robert, parce qu'il a connu les affres du chômage. Neuf mois sans travail avec deux enfants. « Des pommes de terre et des œufs coque tous les jours. » Geneviève Champagne, parce qu'elle travaille ici depuis treize ans.

Mais ils sont épuisés. Ils ne craignent pas de le dire, sans éprouver le besoin de manifester violemment ou de crier. « On craque, disent-ils. Trop de travail. Trop de charges. Ils attendent trop de nous. » (« Ils » : les demandeurs d'emploi.) On ne peut pas tous les satisfaire. Et leur insatisfaction, leur tristesse nous accablent. On voudrait faire plus, mais on ne peut pas. Alors, on est tristes nous aussi. D'autant plus tristes que notre travail, comme celui des infirmières, n'est pas reconnu. On crée des TUC, des SIVP, des PIL, des CRA, des SRA pour enrayer le chômage, mais rien pour nous, rien, aucun poste budgétaire supplémentaire dans l'Indre pour ceux qui sont en première ligne contre le chômage. Un comble! »

Un attroupement se forme alors. C'est rare à Châteauroux. Les gens d'ici se parlent peu, du moins en public, surtout pas dans la rue. Ils ne se confient pas. Par pudeur. Ils passent, se croisent, se saluent et s'en vont. Là, ils s'arrêtent et écoutent. C'est nouveau.

Est-ce ma présence qui suscite cet échange? Peut-être. Les demandeurs d'emploi qui viennent pour s'inscrire ou pour « pointer » et qui trouvent portes closes ont, en effet, une première réaction indignée. Ils ne comprennent pas que les « possesseurs » d'emploi cessent de travailler. Ils n'admettent pas l'idée que ces « privilégiés » puissent avoir un problème. Et ils ont pour premier réflexe de repartir, sans un mot, exaspérés. Georges Robert et Geneviève Champagne se gardent bien de les retenir. Ils se contentent de leur donner le tract, sans plus. Ils n'osent pas leur parler parce qu'ils ressentent confusément un sentiment de culpabilité à leur égard. Je viens involontairement à la rescousse en demandant aux chômeurs ce qu'ils pensent de ce mouvement de grève, en les incitant à rester, ne serait-ce que quelques minutes, et à entamer un dialogue avec les deux employés de l'ANPE. Libérés, Georges Robert et Geneviève Champagne se mettent alors à parler, à expliquer, à justifier leur comportement et à tenter de se faire... pardonner. Comme s'ils avaient commis une faute en réclamant plus de moyens, non pas pour eux-mêmes, mais pour ceux qu'ils ont pour mission, pour vocation, d'aider : les chômeurs.

Et les chômeurs, du moins ceux qui acceptent de rester et d'écouter les deux employés grévistes, finissent par comprendre leurs raisons, et du coup souscrivent au titre du tract « La galère pour tous », comme ils souscrivent aux propos d'une jeune femme venue se joindre au groupe.

– Je me suis déplacée par solidarité, dit-elle avec l'accent du Midi.

Éliane Chanaud n'est pas de Châteauroux, mais elle y travaille comme assistante sociale. Jeune, volontaire, elle s'occupe des plus déshérités, de ceux qu'on appelle les « fins de droits », expression incompréhensible inventée par les technocrates pour masquer le plus extrême dénuement. Et si l'on disait, plus clairement, plus brutalement, les « plus rien »? Plus d'argent, plus de logement, plus d'allocations, plus d'aides, plus d'affection quelquefois. Que leur reste-t-il dans ce cas? Une présence, comme celle d'Éliane Chanaud et de ses collègues, Jean-Louis, Catherine et Monique qui se sont retrouvés au sein d'une association : Accueil-Solidarité. Leur travail quotidien, de huit heures du matin à vingt et une heures : accueillir, soutenir, héberger, réconforter les hommes et les femmes ou les couples qui n'ont plus d'emploi, plus de « droits », plus de toit et qui ne savent où aller. Les « nouveaux pauvres ». Ils s'ajoutent aux anciens. Nouveaux, nombreux et jeunes souvent, mais discrets. Châteauroux est si attentive, même si elle ne dit rien. Elle les reconnaîtrait aussitôt. Ils ne veulent pas être reconnus. Ils auraient, sans doute, à Paris ou à Marseille, un comportement différent; la misère craint moins de se « montrer » dans la grande ville, elle peut même envahir les métros et les gares, elle ne gêne personne, elle ne gêne plus. Elle est si présente, omniprésente, que les Parisiens ou les Marseillais ne la « voient » plus, ils la côtoient, sans trouble apparent, elle fait partie du paysage béton, du paysage asphalte, même les soirs de fête. Mais à Châteauroux, que dirait-on si l'on voyait Bernard, fils de..., rôder à minuit autour de la gare rénovée, ou Yves, neveu de..., dormir sur un banc public dans un petit square, entre la rue Jean-Jacques-Rousseau et l'église Notre-Dame, en face de l'Élysée Hôtel, avec pour seul horizon un mur gris et un graffiti jamais effacé : « Regarde-toi, est-ce bien la vie que tu as espérée? »? « Non, évidemment » ont-ils envie de hurler, de répondre à ce miroir cruel qui leur renvoie cette image dégradante. En réalité ils ne hurlent pas. Châteauroux-la-sereine ne le supporterait pas. Alors ils se dirigent, furtifs et honteux, vers l'association Accueil-Solidarité dont ils possèdent l'adresse. Ce n'est pas loin, mais aucun panneau n'indique la direction, et quand ils arrivent dans cette petite rue du Maréchal-Juin, qui donne sur la grande avenue de La Châtre, derrière le stade, ils doivent veiller à ne pas se tromper de numéro. Ils n'ont, en effet, que le numéro pour la repérer. Pas de plaque, pas de nom sur la boîte aux lettres de ce petit pavillon blanc, identique à tous les pavillons de la rue. Les voisins savent-ils que la nouvelle pauvreté a rendez-vous ici chaque jour avec l'équipe d'Accueil-Solidarité? Oui, sans doute, mais ils ne commentent pas les allées et venues nombreuses au cours de la journée. Ils n'ont pas à le faire, cela se passe dans une telle discrétion, une telle retenue, même lorsque le pavillon blanc est transformé en école.

Le professeur, une psychologue de trente ans, Monique Neveu et les « étudiants » veulent bien m'accueillir et me permettre d'assister à un « cours ». Il porte sur la meilleure manière de présenter un projet professionnel ou de se comporter face à l'Administration; mon arrivée les perturbe. Les « élèves » n'ont plus envie d'apprendre, ce jour-là du moins, ils ont envie de parler. De se confier. C'est plus facile lorsqu'il s'agit d'un étranger qui passe à Châteauroux et qui ne restera pas.

– Vous allez écrire notre nom dans votre livre? me demande Vincent.

– Non. Votre prénom seulement.

Ma réponse le soulage. Vincent, visage rond, poupin, souriant, a vingt-quatre ans. André également. En revanche, il semble plus tourmenté. Leurs trois compagnons de « classe » sont plus âgés, Dominique a vingt-sept ans, Aimé trente-trois, et Patrick trente-sept.

Si jeunes et déjà paumés!

Ils ne se connaissaient pas avant de participer à ce « stage de remise à niveau ». Ils semblent ne plus vouloir se quitter, ils se sentent moins seuls. Ils sont payés, le temps du stage qui dure trois mois. Leur salaire varie en fonction de leur situation antérieure. Il est de mille six cent quatre-vingt-dix francs et cinquante centimes par mois pour Vincent, trois mille deux cents francs pour Aimé, Dominique et Patrick, un peu plus pour André : trois mille huit cents francs. La manne pour eux, mais quand le stage prendra fin, que se passera-t-il?

– On cherchera à nouveau, répondent-ils.

André et Patrick sont horticulteurs, Aimé est maçon, Dominique est carreleur. Vincent, lui, veut être éducateur pour enfants; il ne veut pas passer toute sa vie au Domaine de la Tristerie – c'est bien le nom – un gîte qui appartient à la fondation de l'abbé Pierre, Emmaüs, bien qu'il ait trouvé dans cette ferme une famille et surtout une amie, Chocolatine, l'institutrice.

Et que font-ils quand ils ne suivent pas de cours, rue du Maréchal-Juin?

– La télé. On n'a que ça. La télé, le soir, le samedi, le dimanche. C'est bien quelquefois, les infos, par exemple, ou les émissions culturelles, mais la pub est débile.

Vincent, le plus volubile, s'enflamme.

– Pourquoi nous montrent-ils des fesses pour vendre un pot de yaourt?

Par quoi est-il le plus troublé? Par les fesses ou par le pot de yaourt? Difficile de supporter la société de consommation quand on ne peut pas consommer!

La conversation dure ainsi pendant deux heures, banale pour eux, émouvante pour moi. Ils ne comprennent pas qu'un homme de télévision surgisse sans caméra et les écoute sans filmer. Ils n'auraient d'ailleurs pas accepté d'être filmés. Le monde du petit écran leur paraît si lointain, si distant, tout autant que le monde politique. Ils applaudissent bien sûr aux grandes campagnes généreuses et belles, comme celle du « Téléthon » sur Antenne 2 ou celle du « Sida » sur TF1. Mais ne sont-elles pas réalisées pour nous déculpabiliser, inconsciemment et collectivement. Ils sont sensibles bien sûr au discours des hommes politiques qui dénoncent et déplorent l'existence, dans un pays aussi moderne que la France, d'une société à deux vitesses (à deux vitesses seulement?), pourtant ils n'y croient guère. Ils n'auront pas, eux, la chance d'aller un jour « plus vite », même s'ils feignent de rêver.

– Pourquoi ne pas créer à cinq un restaurant, suggère André. Aimé fera le cuistot, il est solide. Patrick s'occupera de la musique, moi de la caisse.

Blague de café du Commerce? Oui. Mais quelle amertume derrière le rire! Et quelle pudeur, malgré les plaisanteries!

Il est temps de se séparer. Vincent va regagner le Domaine de la Tristerie. André habite, lui, « une maison à vendre », une maison inoccupée. Son propriétaire a accepté de lui ouvrir les portes en échange de menus travaux. Service contre service. Cela s'appelait autrefois le troc. Aimé et Dominique vivent dans un foyer pour immigrés – Aimé, au quatrième étage, Dominique au rez-de-chaussée. Même vue pour les deux : la ligne de chemin de fer Paris-Toulouse.

Quant à Patrick, l'aîné des cinq, il m'invite à boire un verre « chez lui », dans un appartement qu'une agence immobilière a bien voulu louer à l'association Accueil-Solidarité. J'hésite à accepter. La pudeur, à mon tour. Mais il insiste et me donne rendez-vous à dix-huit heures. Éliane Chanaud propose de m'y conduire. En l'attendant dans le vestibule, je remarque ce que je n'avais pas vu en entrant : deux affiches destinées sans doute à égayer les lieux, à lui donner de la couleur, deux posters vantant la beauté de deux... châteaux des environs : « Le château de Bouges, chef-d'œuvre du XVIIIe siècle, un petit Trianon construit sous Louis XV, apprécié pour son jardin à la française et son parc de quatre-vingts hectares » et « le château de Valençay, demeure de Talleyrand, entièrement meublé. »

« Entièrement meublé ». Je ne peux m'empêcher de penser à ce château où je m'étais rendu il y a quelques jours en pénétrant dans la cour de l'immeuble de Patrick, avenue de Paris. Une petite cour réservée aux voitures. Dangereux pour les enfants.

« Admirez le parc du château, disait le guide. Cent cinquante hectares de chênes, de tilleuls, de châtaigniers, de magnolias... et d'animaux qui y vivent en toute liberté. » Cent cinquante hectares. Pas un enfant.

Pour accéder à l'appartement de Patrick, un escalier extérieur en fer, glissant l'hiver, brûlant l'été, comme à Greenwich Village ou à New-York. L'immeuble a dû être construit par les Américains, au temps des GI's.

« Prenons le grand escalier d'honneur pour nous rendre dans les appartements de Talleyrand. Arrêtons-nous devant cette superbe tapisserie des Gobelins, XVIIIe siècle, en laine, soie et fils d'or. Elle fait partie d'une série de tentures dites des Nouvelles Indes. On y voit deux esclaves noirs ramassant et portant la canne à sucre. »

Patrick et sa femme Jocelyne habitent un studio, un F1 dit-on à Châteauroux.

« L'histoire raconte que Talleyrand dut trottiner pendant trois jours pour découvrir sa demeure, plus de cent pièces, vingt-cinq appartements de maîtres et les communs. »

Une petite entrée d'un mètre sur un mètre chez Patrick.

« L'immense galerie des ancêtres est ornée de statues, de bustes à l'antique et de grands tableaux d'Adalbert, Comte de Périgord, de la princesse de Chalais (née de la Trimouille), d'Archambaud de Talleyrand-Périgord, frère cadet du prince de Talleyrand. »

Une table ronde, quatre chaises, un radiateur, un lit à deux places, une télé prêtée par Accueil-Solidarité et un meuble range-tout comme on en vend à Conforama... tout cela dans la même pièce de seize mètres carrés.

« Entrons d'abord dans la salle à manger. Cette grande table en acajou du Honduras peut accueillir trente-six convives. Les invités dînaient ici sous ce très beau lustre de cristal doré Louis XVI, devant cette enfilade Empire, retour d'Égypte encadrant la déesse de la Jeunesse. »

J'imagine Vincent, Patrick, Aimé et Dominique autour de cette table, le soir de Noël, par exemple.

– Voulez-vous un verre d'orangeade, propose Jocelyne.

– Pourquoi ne prenez-vous pas un appartement plus grand?

– Nous avons fait une demande, répond Patrick : un F4. Mais elle nous a été refusée pour insuffisance de revenus. On attend l'Aide personnalisée au logement pour l'obtenir.

Talleyrand avait hésité avant d'acheter son domaine. « Je n'ai pas assez d'argent » avait-il dit à Bonaparte. « Qu'à cela ne tienne, avait répondu, grand seigneur, le premier consul à son ministre des Relations extérieures, je compléterai. » Et il le fit. C'était en 1803.

Le faste à Valençay dans le Berry, hier, au début du XIXe siècle. La pauvreté à Châteauroux dans le Berry, aujourd'hui, à la fin du XXe siècle.

« Comparaison absurde, me dirait François Bonneau, le subtil et sensible conservateur du château de Valençay! La demeure de Talleyrand fait partie du Patrimoine. »

Oui. Absurde. François Bonneau n'aurait pas tort, de son point de vue. Pourquoi comparer deux époques si différentes et deux hommes, Talleyrand et Patrick?

Pourquoi? Parce que les Talleyrand et les Patrick ont existé à toutes les époques. Et continuent d'exister.

Pourquoi? Parce qu'il est impossible de ne pas trouver encore plus absurde le fait de voir déambuler dans les rues de Châteauroux, comme ailleurs, des hommes sans toit, dans le froid, à quelques kilomètres à peine d'immenses demeures « entièrement meublées ».

Patrick et Jocelyne tiennent tout de même à me montrer, avant mon départ, les deux seuls objets de valeur qu'ils possèdent. Patrick se dirige vers le lit, décroche deux assiettes de porcelaine de Limoges et me les tend. Les assiettes blanches ont pour motifs des visages d'enfants, des petites filles aux yeux bleus. Deux sur chaque assiette.

– Qui sont ces enfants?

– Ce sont les nôtres.

– Où sont-elles?

– Sandra et Christelle sont dans une Maison d'enfance à Clion, Alexandrine et Maud vivent dans une famille d'accueil à Châtillon-sur-Indre.

– Pour quelles raisons?

– Elles nous ont été retirées quand nous avons été expulsés de l'ancien logement. Nous n'arrivions plus à le payer.

– A quel moment comptez-vous les reprendre avec vous?

– Quand on aura le F4, et du travail.

Nous nous retrouvons, Éliane Chanaud et moi, dans la cour de l'immeuble, sans un mot. L'assistante sociale semble être fatiguée. Je pense à nouveau aux employés grévistes de l'ANPE.

– C'est vrai, je le suis, dit-elle. Non seulement fatiguée, mais désespérée. Je me sens quelquefois si impuissante. J'exerce ce métier depuis quinze ans. Pour huit mille francs par mois. Si je devais faire le bilan, ajoute-t-elle, dans un soupir...

– Et si vous le faisiez?

– Je changerais de métier. Je n'en peux plus. C'est trop dur. De plus en plus dur.

5

Avenue de Paris. Il n'est pas encore vingt heures. Ça brille. Les lumières de la ville, les phares des voitures, la lune, l'asphalte. A nouveau les petites maisons grises. L'immeuble était en retrait, au fond de l'impasse. Et la cour était sombre. Patrick et Jocelyne sont maintenant devant leur vieux poste de télé. Ils regardent « La Roue de la Fortune ». C'est le jeu qu'ils préfèrent.

Je n'aurais pas eu la force de le regarder avec eux. Télé perverse! Un croupier à domicile. Tapis vert : rouge ou noir? Et frissons dans les salons. On joue sans être vu, on joue même sans un sou. Va-t-on au casino quand on n'a pas le sou?

Place Lafayette. Crédit Agricole : une superbe bâtisse éclairée tous les soirs par des projecteurs au sol. Une des rares maisons blanches de la ville. Elle ressemble à une préfecture des îles ou d'une ancienne colonie, les palmiers en moins.

Place Gambetta. La Banque de France est blanche aussi, mais pas aussi flamboyante. Rue Victor-Hugo : les marteaux-piqueurs se sont tus. Le seul bruit dans la ville, le jour; c'est un bruit qui ne la gêne pas, le bruit de la vie qui continue. On construit ce qu'on appelle un « espace » : hôtel trois étoiles, appartements de standing, commerces, parking trois niveaux. Ils l'ont déjà baptisé : le France. L'hôtel de France en face de l'Élysée Hôtel : Mitterrand-Lumière sera très bien placé.

Pourquoi les gens sont-ils si pressés de rentrer chez eux? Il n'y a même pas d'embouteillages et les piétons ne s'attardent pas devant les magasins. Si. Certains d'entre eux le font : des immigrés, place de la République. A cause des arcades, peut-être, le long de l'esplanade. Elles leur rappellent Alger ou Biskra. Malgré le froid. Mais ils n'emmènent pas leurs enfants. Ils n'osent pas. Il y a pourtant un manège près de la pharmacie et des chaussures André. Châteauroux 2000, le seul manège pour enfants de la ville. Il ne tourne pas souvent, une heure ou deux par jour, à peine, faute de clients! Les enfants préfèrent-ils Goldorak ou Bioman aux voitures qui scintillent? Ou bien les parents qui vont chercher leurs gamins à l'école auraient-ils la flemme de faire un détour par Châteauroux 2000? Où vont-ils, eux-mêmes, les parents, pour se détendre? Je ne dis pas s'amuser, ce mot paraît si saugrenu aujourd'hui. Ils ne vont nulle part, ils rentrent chez eux, ils se calfeutrent. Ils se replient.

Ils se replient. Un terme militaire. On dit des troupes qu'elles « se replient », quand elles reculent et que l'ennemi avance. Châteauroux n'a pas d'ennemis. La ville est en paix. De quoi aurait-elle peur? De la rue? La rue est calme. De la « nouvelle pauvreté »? La misère se cache. Du visiteur? Le visiteur continue toujours sa route vers Limoges, nationale 20, et ne bifurque pas. Il n'entre pas dans la ville. S'il a faim, il dîne à l'Escale, parmi les routiers. S'il a sommeil, il dort au Campanile, un motel pour voyageurs de commerce posé, comme une maison de poupée, sur un immense champ de blé.

Alors, pourquoi s'enferme-t-elle? se renferme-t-elle? « Parce que la vie ici est intérieure. C'est la vie de province. » Le Dr Moreau est catégorique. Il ne veut pas voir dans ce repliement, qu'il regrette, un mal de vivre. Et surtout il ne veut pas croire à un lien entre cet engourdissement et l'état dépressif de ses malades. Le Dr Moreau est chef de service à l'hôpital psychiatrique de Châteauroux. J'ai souhaité le rencontrer. Il m'a aussitôt invité à dîner chez lui. Les Castelroussins ont le sens de l'hospitalité; c'est cela aussi la vie intérieure. Le Dr Moreau et sa famille vivent à l'hôpital, dans une maison au milieu des chênes. Il faut sortir de la ville pour s'y rendre. L'hôpital psychiatrique est le seul établissement qui ne soit pas intra-muros.

Châteauroux a décidé, a accepté de tout « absorber » : la maison d'arrêt, rue Paul-Louis-Courrier, le palais de justice, rue du Palais-de-Justice, le foyer des immigrés, rue des Nations, le foyer des jeunes travailleurs, cité Saint-Jean. Tous les exclus restent dans la ville, tous sauf les « fous ». Je ne devrais pas employer ce mot, les psychiatres ne le font pas. Ils préfèrent parler de leurs patients, de leurs malades. Pourquoi le sont-ils?

– Pour des raisons familiales ou biologiques, pas forcément sociales.

Le Dr Moreau ne veut pas en démordre. Petit, vif, un regard inquiet masqué par des lunettes trop grandes, à la Woody Allen, le Dr Moreau refuse d'entrer dans « ma logique ».

– Les gens qui sont hospitalisés ici, ce ne sont pas ceux qui ont des états d'âme. Ils souffrent réellement. Leur cas relève de la pathologie. Il n'y a pas de commune mesure avec la souffrance fantasmée par les médias. J'ai accueilli une femme déprimée, ce matin, poursuit-il. Ce qu'elle m'a dit n'a rien à voir avec la situation économique ou avec son statut social. Vous avez une vision intello de la psychiatrie.

L'idée que les provinciaux se font de nous n'est pas, je le constate une fois encore, très flatteuse. « Cliché » avait dit Boumediene que j'imaginais « naturellement » dans une boutique de fruits et légumes. « Vision intello » dit le Dr Moreau. Ont-ils tort de le penser?

– Tout de même, sa déprime, ou sa dépression, a peut-être quelque chose à voir avec la société, avec la manière dont on vit aujourd'hui?

– Oui, peut-être, concède-t-il. On ne communique pas ici. On ne se parle pas. On ne s'exhibe pas. Et on dépense une énergie considérable à vouloir cacher, colmater. On refoule. Ce n'est jamais bon de refouler.

Sa femme, grande, blonde, épanouie, enseigne dans une école technique privée de Châteauroux. Elle a une licence de chimie et de biologie, mais elle a dû se reconvertir dans l'informatique. Elle écoute la conversation en silence, disparaît de temps en temps dans la cuisine pour revenir dans la grande pièce où nous dînons; c'est une pièce qui est meublée avec goût et tapissée de livres.

J'ai enfin le sentiment de trouver, dans ma quête, un climat agréable, une sérénité, une quiétude même. La famille Moreau semble être assez représentative de la France d'aujourd'hui. Il soigne, elle enseigne; leurs trois enfants travaillent bien, au lycée et à la faculté. Il parle avec bon sens et ne craint pas, lui le « psy », de paraître normal au risque d'être fade. Ce qu'il n'est pas. Cette normalité me rassure. Boumediene, le « Berrichon marocain », Bernard de Fougères, l'« homme en redingote bleue » et Patrick le « fin de droit » m'avaient désorienté. Les Français seraient-ils tous aujourd'hui marginaux, nostalgiques ou malheureux? Non. Ils peuvent être aussi « normaux, apaisés, heureux. Je le dis au Dr Moreau qui paraît surpris par ma réflexion, se tourne vers son épouse, hésite et...

– C'est vrai. Tout va bien, dit-il. Ma femme et moi travaillons. Nous avons tous les deux un salaire. Nos enfants ne nous posent aucun problème. Nous ne vivons pas dans l'insécurité. Sommes-nous heureux pour autant?

Son regard inquiet apparaît alors, malgré ses trop grandes lunettes.

– Suis-je heureux pour autant? répète-t-il. Non. Je souffre moi aussi. Je suis moi-même angoissé. A cause de l'angoisse des autres. Ce n'est pas un hasard si je tente de m'évader dans les livres, les livres étrangers, américains surtout, et dans les voyages. Nous partons souvent. Ça veut dire que je ne me sens pas très bien. J'ai besoin souvent d'une bouffée d'air frais.

Il regarde à nouveau sa femme, soulagé d'avoir dit ce qu'il avait sur le cœur. Il avait lui aussi refoulé son mal de vivre.

– On peut comprendre, expliquer cette angoisse. (Cette fois, c'est Mme Moreau qui s'exprime.) Moi-même, je perçois un désarroi chez mes élèves. Ce n'est pas facile pour elles. La société est très exigeante. Un CAP, c'est bien, mais insuffisant. Que vont-elles faire? Elles ne le savent pas. Je ne le sais pas moi-même. J'ai mal pour elles. Je me sens quelquefois si impuissante.

Les mêmes termes que ceux de Georges Robert et Geneviève Champagne, employés à l'ANPE, le même aveu que celui d'Éliane Chanaud, assistante sociale.

Et une découverte pour moi dans cette exploration de la société dite civile : les soignants sont fatigués. Les médecins, les éducateurs, les assistantes sociales, les infirmières, les enseignants sont harassés. Tous ceux qui sont chargés d'atténuer la peine de l'autre – c'est-à-dire de soigner ou de soutenir et encourager, d'éduquer ou de réinsérer –, tous ceux qui ont choisi, oui choisi, pour métier de panser les plaies, d'aider à grandir, à marcher, à parler, à vivre, à survivre, tous ceux qui passent leurs journées, leurs nuits quelquefois, à soigner la société, sont eux-mêmes las, abattus, amers. Il leur est désormais difficile d'assumer ces responsabilités qui sont immenses et dont la société s'est trop rapidement, trop facilement déchargée sur eux. La détresse, la misère, la maladie sont telles que leur travail confine à l'héroïsme. Or, cet héroïsme, inaperçu, parce qu'il est quotidien, parce qu'il est fait de tâches apparemment banales, n'est même pas même plus reconnu.

Georges Robert, Geneviève Champagne, Éliane Chanaud, le Dr Moreau et son épouse continueront pourtant à aider et soigner ceux qui attendent tout d'eux, ceux qui attendent trop d'eux. Jusqu'à quand?

6

– Bonjour! C'est Mme Volatron. Votre petit déjeuner est prêt. Est-ce que je peux entrer?

Et elle entre aussitôt.

Mais j'étais déjà réveillé. Par la ville, en musique. Je croyais rêver. J'entendais Châteauroux chanter. Je ne rêvais pas. Châteauroux chante ce matin. C'est la première fois, depuis mon arrivée, il y a une dizaine de jours. La capitale du Berry deviendrait-elle insouciante? Cela ne lui ressemble pas. Ferait-elle une révolution culturelle? Les révolutions, même culturelles, ne se font jamais en musique. Aurait-elle appris une excellente nouvelle? Si oui, laquelle? Je tends l'oreille. La mélodie douce et entraînante entre dans la chambre, malgré le double rideau, en même temps qu'un léger rayon de soleil. Le refrain revient si souvent dans la chanson que je parviens à saisir les paroles. Châteauroux chante en duo :

J' me sens pas belle, dit-elle.
Qu'est-ce que t'es belle, lui répond-il.
J' me sens pas belle, insiste-t-elle.
Qu'est-ce que t'es belle, insiste-t-il.

Je reconnais aussitôt la voix de Catherine Ringer qui « s' sent pas belle » et celle de Marc Lavoine qui « la trouve belle ». Je les reconnais parce que je me souviens du clip que la télévision a passé si souvent. On les entend chanter sur un air de valse et on les voit danser dans une ronde sans fin.

Châteauroux danse-t-elle aussi ce matin?

Non. Elle se contente de fredonner quelques tubes entre deux spots publicitaires payés par les commerçants de la ville qui tentent d'entraîner le chaland dans leur valse à cent francs, dans leur valse à mille francs. Et elle peut se faire entendre grâce à des haut-parleurs installés à la hauteur des enseignes des magasins. Châteauroux transformée en immense kiosque à musique! La vie enfin dans la rue.

Même si elle le fait pour des raisons commerciales, la ville semble avoir changé de parure. Elle doit « s' sentir tout à coup un peu plus belle ».

Ces porte-voix, juchés comme des oiseaux d'acier au-dessus des boutiques, me donnent une idée. Et si j'allais au point de diffusion pour remplacer un spot publicitaire par un message, ou plutôt une question, une seule, celle que je pose à tous mes interlocuteurs depuis mon arrivée dans le Berry : « Êtes-vous heureux aujourd'hui en France? » Je la répéterai s'il le faut à plusieurs reprises, entre deux chansons, pour être bien compris. Tous les Castelroussins l'entendraient au même moment et se réuniraient aussitôt place de la République pour répondre oui ou non; quel beau sondage sur la cité, au cœur même de la cité!

Aurai-je le courage de le faire? J'imagine déjà la place de la République emplie de monde et j'entends déjà... Qu'entendrais-je? J'ai bien peur de la réponse. Le maire me reprocherait de perturber la ville si tranquille à ses yeux. Et il m'en voudrait de le faire sous ses fenêtres : les foules sont si imprévisibles.

Dommage! L'idée me séduisait. Mais je préfère résister à la tentation et poursuivre en solitaire, sans haut-parleur, mon enquête sur la ville. Je ne renonce pas pour autant à la question. Je finirai bien par trouver au moins un Castelroussin heureux.

Et je le trouve. Et je *la* trouve. Elle existe. Pourquoi n'y avais-je pas pensé plus tôt? Mme Volatron est heureuse. Ils sont heureux à l'Élysée. C'est ce qu'elle me dit, avec un beau sourire et une voix forte dans la pièce qui sert, au rez-de-chaussée, de réception, bar, salle de petit déjeuner et salon de lecture.

– Moi, ça va. Je ne me plains pas, assure-t-elle. Vous savez, je n'ai pas honte de le dire, j'ai gardé les vaches et les cochons. Mes parents avaient vingt hectares, mais à dix-huit ans, j'ai dû quitter la maison. J'ai d'abord travaillé dans une usine textile; elle a fermé. J'ai ensuite ouvert un bar-tabac à Levroux. On a même créé le PMU dans la ville, avec mon mari.

Son mari passe alors, une pile de draps sous un bras. Il entend, acquiesce en silence, rougit, et s'engouffre dans l'ascenseur. M. Volatron est timide.

– Et puis, poursuit-elle, on a pris cet hôtel, il y a six ans. Le fonds, pas les murs. On a dix-huit chambres. Cela me donne du travail, mais ça marche.

– Et cela suffit à votre bonheur?

– Non, évidemment. Il y a une autre raison, encore plus importante. Nos deux filles vivent à Châteauroux. Elles se sont mariées, et sont restées ici. Mon gendre doit aller jusqu'en Bretagne pour voir ses parents. Ils ont moins de chance que nous. Nous en sommes bien conscients.

Je commençais à désespérer. Je voyais tout en gris ou en noir. Comme la mode aujourd'hui. Pourquoi les jeunes femmes s'habillent-elles en sombre? Pourtant le tableau commence à se colorer. Mme Volatron est donc heureuse. Elle le dit simplement, et ce qu'elle dit est important. Elle est heureuse parce que sa famille vit dans la même ville, comme on vivait autrefois dans les villages. Parce qu'elle voit ses filles comme on se voyait autrefois très souvent, parce qu'elle leur parle comme on se parlait autrefois dans le Berry, lors des veillées, en grillant des châtaignes autour d'un feu de cheminée. Mme Volatron est heureuse parce qu'elle n'est pas seule.

Le manège pour enfants ne tourne toujours pas, mais Châteauroux continue de chanter. A tue-tête. Si fort qu'on ne comprend plus grand-chose. Le son est saturé et les annonces commerciales se font de plus en plus fréquentes. Il fait beau. J'ai envie d'échapper à la ville et d'écouter une autre musique, celle de Chopin qui a vécu près de Châteauroux, à Nohant, au siècle dernier, aux côtés de George Sand. Ce n'est pas loin : vingt-sept kilomètres par la départementale 943, direction La Châtre. Je prends l'avenue du même nom, mais je m'arrête à la hauteur du boulevard de Cluis. Un panneau géant attire mon attention. Il y a si peu de panneaux publicitaires à Châteauroux que celui-là ne passe pas inaperçu. Deux mots en très gros caractères noirs sur fond jaune : TOP RENCONTRE, suivis d'un numéro de téléphone. Je le compose aussitôt dans une cabine de l'avenue. La curiosité toujours. Mais mon interlocuteur me laisse à peine le temps de poser une question. C'est lui qui m'interviewe :

– Êtes-vous libre ou pas? me demande-t-il. Divorcé? Séparé? Veuf? Marié? Si vous n'êtes pas libre, ce sera plus délicat. Ce sera possible, mais délicat. Si vous êtes libre, ce sera plus facile. Il vous suffit de vous présenter. Cela vous coûtera six cents francs pour six personnes.

– Six personnes?

– Oui, six femmes.

– En même temps?

– Non. Vous pouvez choisir.

– Pour quoi faire?

– Comment, pour quoi faire?

– Pour les épouser? Je veux dire, pour en épouser une?

– Pour faire ce que vous entendez. Nous sommes ouverts à plusieurs motivations.

– Je ne comprends pas.

– Le mariage n'est pas forcément l'aboutissement d'une rencontre.

– ...

– A propos, quel âge avez-vous? Quelle est votre taille? Et votre poids? Êtes-vous svelte?

Je craque et je préfère raccrocher. Mais je pense tout à coup en reprenant la route à ce que me disait Mme Volatron : « Je suis heureuse parce que toute ma famille vit à Châteauroux. » Et je comprends pourquoi les visages sont quelquefois si tristes, si fermés. Je comprends pourquoi les gens, dans la rue, ne rient pas, ne sourient pas. Parce qu'ils souffrent d'un mal invisible mais grandissant dans les villes : la solitude. Je pensais que ce mal, comme la misère, ne touchait que la grande ville. Erreur. Il se répand ici aussi, d'une manière encore plus sournoise que le chômage ou la pauvreté. Celui qui n'a pas de travail peut aller à l'ANPE, l'adresse est dans l'annuaire. Celui qui n'a pas de ressources peut se rendre à la mairie ou au Secours catholique. Celui qui se sent seul, même s'il a du travail, même s'il a des ressources, où ira-t-il? Téléphonera-t-il à Top Rencontre? Pour s'entendre dire : « Êtes-vous libre ou pas? Quelle est votre taille? Votre poids? Êtes-vous gros ou mince? Cela fera six cents francs. »

A-t-on envie de dire si on est gros ou mince, quand on est seul? Non, bien sûr. Alors on cache sa solitude comme une blessure intérieure qu'on tente soi-même de cicatriser, mais qui s'ouvre le soir quand Châteauroux ferme ses volets et éteint la lumière.

Et que font-ils quand ils sont seuls? Quand ils se sentent seuls plutôt? Que fait Christian, enseignant, père de deux enfants, divorcé? Il joue de la musique afro-cubaine, le soir, dans son HLM de la ZUP. En évitant de réveiller les voisins.

Que fait Nicole, mère de deux enfants, divorcée? Elle lit, elle zappe, elle lit, elle zappe.

Que fait Denis, jeune horticulteur de dix-sept ans? Il se rend au bar le Mazagran, rue de la Poste, après avoir composé des bouquets de fleurs toute la journée à Déols, boit deux ou trois pastis avec son seul ami, Jacky, le patron du bar, et s'enferme ensuite chez lui dans sa chambre pour regarder la télé. Il lui arrive bien sûr d'aller dîner avec son amie Valérie, seize ans, à la Merveille de Pékin, un restaurant chinois égaré sur la route de Saint-Amand-Montrond, ou d'aller danser avec elle au Sherwood, une discothèque plantée en pleine campagne à Diors, près du musée des Trois-Guerres. Mais il s'ennuie à la Merveille de Pékin, comme au Sherwood. A-t-il visité le musée des Trois-Guerres – 70 – 14-18 – 39-45? Non. Jamais. Il ne veut pas entendre parler de la guerre. Est-il déjà sorti de Châteauroux? Non, jamais. Mais il voudrait bien.

Que fait le pompiste de la station Avia, sur la route de Blois? Il attend le client, avec sa femme dans une « guérite » étroite qui les protège du vent. A quoi pensent-ils? A leurs enfants qui vivent à La Rochelle et qu'ils ont dû quitter pour trouver du travail. Il était représentant de commerce, le commerce ne marchait plus; elle était secrétaire dans une voilerie, l'atelier a fermé ses portes. Avia leur a proposé ce poste de gérant, à Châteauroux. Ils l'ont accepté. Ils ne gagnent que douze centimes par litre. « Mais il faut vivre » dit-il. Survivre plutôt dans cette station qu'ils abandonnent une fois par semaine, le mercredi. C'est leur seul jour de repos. Ils foncent alors vers La Rochelle, tôt le matin – trois cents kilomètres –, passent quelques heures avec leurs enfants et repartent tard le soir pour Châteauroux – trois cents kilomètres. Ils vivent ainsi depuis deux ans.

Que fait Dominique, célibataire, professeur d'anglais pour adultes à la chambre de commerce? Elle enseigne en fin d'après-midi pour ensuite s'isoler et écrire. Des poèmes qu'elle n'ose donner à lire qu'à des étrangers. A Donald, par exemple, un vieil Américain perdu à Châteauroux. Perdu? Pas tout à fait. Sa femme est morte il y a quelques mois. Il a alors tout laissé tomber aux États-Unis, a acheté un mobil-home et s'est installé, s'est « garé » dans le camping de Châteauroux, près du centre ville, dans le parc de Belle-Isle, au bord de l'Indre. Pourquoi Châteauroux? Parce qu'il sent peut-être encore la présence de ses compatriotes, les GI's qui avaient fait les beaux jours de la ville, dans les années cinquante, qui en avaient fait leur danseuse. La danseuse ne danse plus, mais Donald l'aime bien. Il ne parle pas un mot de français. Mais Radio-Berry Sud s'exprime souvent en anglais : « Listen to your radio. Écoutez Radio-Berry Sud – FM – quatre-vingt-treize-point-cinq. » C'est la bande-annonce qui revient fréquemment dans les programmes. Radio-Berry Sud ne veut pas être distancée par NRJ, FUN ou Europe 2 très dynamiques dans le Berry et diffuse, comme ses concurrentes, tous les tubes de Paris, de Londres ou de New York. La dernière chanson de Souchon, par exemple, je l'entends pour la première fois en roulant vers Nohant, vers le XIXe siècle de George Sand et de Chopin.

« Ultra-moderne solitude, chante Souchon. Ça se passe boulevard Haussmann à cinq heures, raconte-t-il de sa voix claire et fragile. Ça se passe à Manhattan dans un cœur. Des fois on sait pas bien ce qui s' passe. C'est l'ultra-moderne solitude. »

Ça se passe aussi à Châteauroux, comme ça doit « s' passer » à Nevers, Montluçon ou Villeurbanne. L' « ultra-moderne Solitude » peut se glisser aussi dans les petites maisons calmes de la France, loin des buildings, loin du métro.

Étaient-ils aussi seuls au temps de George Sand?

« Ils dînaient ici, autour de cette table ovale sous ce beau lustre vénitien bleu et rose, précise le guide. George Sand avait à sa droite Alexandre Dumas fils et à sa gauche son ami Gustave Flaubert. Jérôme Napoléon et Tourgueniev étaient eux aussi souvent invités. »

S'ennuyaient-ils?

« C'est ici dans cette pièce, près du grand escalier couleur pastel, que Chopin jouait et composait ses *Nocturnes* ou ses *Polonaises*. George Sand l'écoutait en écrivant. Son ami et amant l'inspirait. Il lui a suffi de quatre jours et de quatre nuits pour créer *La Mare au diable.* »

Voyageaient-ils à cette époque?

« Il fallait trois jours et trois nuits pour se rendre de Paris à Nohant, mais la durée de ces voyages ne dissuadait par leurs amis. Ils étaient nombreux à passer à Nohant. Eugène Delacroix y séjournait très souvent. “ Par instants, écrivait-il, il nous arrivait par la fenêtre ouverte sur le jardin, des bouffées de musique que Chopin composait. Cela se mêlait au chant des rossignols, à l'odeur des rosiers. ” »

Comment pouvaient-ils vivre ainsi en pleine campagne, au milieu des têteaux, ces arbres sans branches, sans bras, droits comme des massues, fins ou trapus, mais toujours hirsutes et sombres, monstrueux quelquefois, la nuit surtout?

« Ils avaient créé leur propre théâtre. George Sand et son fils Maurice inventaient et habillaient les marionnettes, Chopin improvisait les arrangements musicaux, à la grande joie des invités spectateurs. »

Il n'y avait en 1840 ni téléphone ni minitel ni satellite. Ils se parlaient. Il n'y avait ni télé ni ciné ni théâtre. Ils s'amusaient. Il n'y avait ni TGV ni Turbot ni jets : ils se voyaient. Ils vivaient comme vit la nature, au rythme des saisons. Il ne sert à rien – cent cinquante ans plus tard – de maîtriser, de brûler le temps et l'espace si l'on doit se sentir seul, à Châteauroux comme à Paris, à Kansas City comme à New York.

Il ne sert à rien de communiquer plus vite, toujours plus vite, si l'on communique mal, toujours plus mal. On n'a pourtant jamais autant parlé. Mais de quelle manière? Sur les plateaux de télévision, maquillés, fardés, costumés. Delacroix, aujourd'hui, n'aurait même pas le temps de peindre Chopin jouant en direct une *Nocturne en sol majeur*. Il gênerait le cameraman et l'empêcherait de passer en un temps record à l'invité suivant, à la séquence suivante.

Il ne sert à rien de louer les bienfaits de la

communication si la communication doit rester ce qu'elle est aujourd'hui, un instrument de pouvoir, si l'image, notre nouvelle déesse, doit être la propriété d'une minorité et à son profit exclusif. La monarchie a été renversée parce qu'elle accaparait tous les privilèges. La télé ne doit pas accoucher d'une nouvelle aristocratie obsédée par l'image, par sa propre image et par le pouvoir ou par les privilèges qu'elle peut en tirer. Elle doit rester ce qu'elle était lorsqu'elle balbutiait : une fée.

Ne méprisons pas le progrès pour autant. Il me permet ce soir de me laisser bercer par Chopin, un walkman sur la tête, sans importuner mes voisins, à l'auberge de la Petite Fadette, et de m'imprégner de ce climat qui régnait ici même, à Nohant, et qui manque si cruellement aujourd'hui : le romantisme.

7

Alleï... Alleï... On y va...

Un orchestre antillais déchaîné jouant et chantant un soir de pleine lune sur une plage...

Alleï... Alleï... Invit' la à danser...

Des vagues d'un mètre s'échouant tout près des musiciens...

Pas bisoin pa'lé...

Des palmiers nains, des fleurs des îles et des parasols sous une chaleur moite...

Alleï... Alleï... Tous su' la piste...

De jeunes apollons blancs en maillot à fleurs et des naïades en bikini-mini, un verre de punch à la main.

Alleï... Alleï. Veneï danser...

Une plage de béton gris... Des vagues pas salées... Des palmiers artificiels... Mais un orchestre authentique et des danseurs timorés. Spectacle insolite dans la piscine à vagues de Châteauroux, le dernier gadget de la ville. Elle tenait à l'avoir pour ne pas en laisser l'exclusivité à Issoudun, la rivale, qui en avait eu l'idée bien avant.

Tableau exotique, un soir d'hiver. Vingt-neuf degrés à l'intérieur, trois degrés à l'extérieur. Le parc de Belle-Isle se prend quelques heures durant pour une île antillaise.

Mais ils ne sont pas nombreux à avoir répondu aux annonces fréquentes de Radio-Berry Sud. Cent cinquante entrées à peine, le directeur a compté. Cent cinquante jeunes qui tentent de tromper leur solitude du sam'di soir en dansant, nus, presque nus, la biguine ou en plongeant dans les vagues folles. Sainte-Lucie dans le Berry. Mais seule l'eau, bleu océan, semble s'amuser et onduler au rythme des percussions. Malgré ses efforts, Georges, l'animateur antillais, est désespéré, et le directeur, un jeune Bourbonnais qui a eu cette idée « tropicale », est déçu. Les jeunes Castelroussins ont préféré, ce soir encore, la chaleur des discothèques où ils s'entassent jusqu'à quatre ou cinq heures du matin, tous les vendredi et samedi soir. Aussi nombreux que dans le métro à dix-huit heures à Paris, la musique en plus, la lumière en moins. Aussi indifférents. Ils dansent, oui, mais seuls. Ou face à face. On ne danse plus à deux, c'est « ringard ». Ils se frôlent, oui, mais involontairement, faute de place. On ne tente plus de séduire, c'est vieux jeu. Et quand ils s'approchent l'un de l'autre, ce n'est pas pour s'embrasser, on ne s'embrasse plus en public, c'est kitsch, c'est pour se parler, dans le creux de l'oreille, parce qu'on ne s'entend pas dans les boîtes de nuit. Les boîtes... la nuit... Les mots ont toujours un sens. Les boîtes sont toujours hermétiques. Pourquoi s'enferment-ils pour s'amuser? Ces « boîtes à son » n'ouvrent que la nuit. Pourquoi sortent-ils la nuit? Pour ne pas « se voir », tout en bougeant « ensemble »? Pour ne pas s'entendre tout en restant ensemble?

Pourquoi ont-ils préféré ce sam'di soir le « grand gris » au « grand bleu »?

Il leur suffisait pourtant de traverser le parking du parc, blafard sous la lune, d'emprunter la passerelle qui enjambe, à la japonaise, l'Indre immobile et de se rendre dans un chalet pour surprendre des éclats de rire. On ne devine rien de l'extérieur, on ne voit rien, il y a de la buée sur les vitres, mais lorsqu'on pousse la porte... on est happé comme dans un tourbillon.

Ils dansent aussi à la Guinguette, en face de la piscine à vagues. Et ils rient en dansant une samba endiablée, entraînés par Jacques, le chanteur, qu'ils connaissent si bien et qui chante si faux.

Si tu vas à Rio...

Ils ne connaissent pas Rio.

N'oublie pas de monter là-haut...

Ils n'ont pas la souplesse des Riocas, mais ils font la fête comme on la fait au Brésil.

Pas de rayons laser, pas d'effets lumière, une boule argentée simplement au-dessus de la piste en bois. Et une ambiance « à tout casser ». Mais ils ne cassent rien. Ils ne pourraient pas. Ils ont soixante ans. Plus quelquefois. Ils ne tiennent pas à être seuls, chez eux, le samedi soir ou le dimanche après-midi. Alors ils viennent « guincher » ici, chaque semaine, avec le même « orchestre ». Aussi riche en décibels que l'orchestre Franck Pourcel, mais pauvre en instruments. Une batterie que Jacques, le chanteur, fait souffrir et un synthétiseur à qui Dominique fait tout faire : l'accordéon, que j'ai cherché en entrant et qui n'existe pas, le piano, le violon, la flûte, l'orgue et le vibraphone.

Jacques est chauffeur dans l'armée; il ne sait pas lire une partition. Dominique est architecte mais il connaît si bien la musique qu'il a changé de métier. Il préfère le son à la matière.

Et les deux compères se complètent bien. Le plus jeune, Dominique, trente-quatre ans, fait corps avec son synthétiseur. Il ne peut pas, il ne doit pas le quitter des yeux; le clavier est aussi lumineux et compliqué qu'un tableau de bord d'un Boeing. Il est donc contraint d'ignorer les danseurs qui ont besoin pourtant d'un contact, d'un regard pour se lancer dans une valse ou un tango. C'est Jacques, cinquante-deux ans, qui tient ce rôle. Il feint de chanter, il feint même de jouer, mais sa partition est si importante. Un clin d'œil complice au « Père Maréchal » qui serre tendrement sa partenaire, un sourire à Mme Schmidt qui venait ici chaque semaine avec son mari et qui revient seule après une longue absence pour revoir ses amis. Une pensée pour le « Père Léonard », malade en ce moment, mais si friand de « fox ».

Jacques est lui-même attendri. Il ne peut pas se passer de ses « amis ». Il voit bien, tout en chantant *Strangers in the night*, les couples qui se font et se défont, qui s'enlacent, joue contre joue, amoureux quand ils sont loin de l'orchestre, au fond de la salle, et qui se tiennent à distance, pudiques, quand ils s'approchent de lui.

Et il pourrait en parler pendant des heures, au buffet de la Gare où il se rend, tard le soir, en 403 après avoir laissé au vestiaire de la Guinguette sa « tenue de bal », une chemise à fleurs semblable aux chemises du groupe créole, « Cocktail Exotique », qui lui, au même moment, peine à faire danser, rire et chanter les jeunes Castelroussins, un samedi soir dans le Berry.

8

Pull-over noir, bas résilles noirs, chaussures noires, ceinture de cuir à boucle noire... mais regard vert et langage clair. Mme le censeur m'accueille dans son petit bureau du lycée Jean-Giraudoux, sous les arcades, avenue de Paris, un lycée adossé au parc de Belle-Isle.

Je m'attendais à être reçu par une dame en tailleur et chignon. Mais on peut être censeur et se mettre au goût du jour. Même si le jour a aujourd'hui la couleur nuit.

Zilda Graffeuil aime son métier, mais pas son titre. Elle n'avait pas hésité, à son arrivée en 1985, à dévisser la plaque qui se trouvait sur la porte d'entrée de son bureau, qui tenait en trois mots et claquait comme un fouet : MONSIEUR LE CENSEUR. Fureur du proviseur de l'époque qui n'avait pas apprécié. Cependant il ne voulait toutefois pas passer pour misogyne. Il avait fait remettre la plaque en changeant un mot : MADAME LE CENSEUR. Le proviseur s'était trompé. Ce n'était pas le mot « monsieur » qui la gênait, mais le mot « censeur ». Zilda Graffeuil n'a pas insisté. Elle s'est contentée d'ajouter son nom à la main. Les lycéens, en frappant timidement à sa porte, peuvent donc lire aujourd'hui MADAME LE CENSEUR, ZILDA GRAFFEUIL... En fait Mme le censeur préfère le titre de proviseur adjoint. Le proviseur et les enseignants ont encore du mal à s'y résoudre, mais les lycéens, du moins certains d'entre eux, ont compris qu'un censeur ou un proviseur adjoint pouvait jouer un autre rôle que celui de père Fouettard. Le rôle de psychologue, par exemple.

Zilda Graffeuil peut-elle agir autrement quand elle reçoit dans son bureau une jeune fille accablée par ses problèmes familiaux? Parents divorcés, parents adoptifs divorcés, pas d'amis, tentation suicidaire et repli total. La jeune fille sort au moment où j'entre. Elle est en larmes.

– C'est un cas extrême, me confie le proviseur adjoint, mais ce n'est pas un hasard si l'aumônier reçoit un grand nombre d'élèves en ce moment. Ils souffrent d'un réel manque de communication.

Zilda Graffeuil confirme ainsi ce que je pressentais. Les jeunes ont l'air si grave aujourd'hui. Pour quelles raisons? C'est une question que j'aimerais leur poser directement. J'exprime alors ce vœu que le proviseur adjoint exauce aussitôt.

– Quelle classe souhaitez-vous rencontrer?

– Une terminale B. Économie politique.

– Eh bien, allons-y!

Sa spontanéité me surprend agréablement. Je pensais devoir remplir une demande officielle et attendre pendant plusieurs jours la réponse du ministère de l'Éducation.

Le professeur et les trente-sept lycéens sont d'abord déroutés par notre intrusion en plein cours et par ma démarche. Mais ils acceptent, ravis, l'idée d'une rencontre... sans le prof qui « comprend ». Rendez-vous est pris pour le lendemain à huit heures. Et le lendemain à huit heures, je les retrouve, les trente-sept, salle trente-huit. Ponctuels. Virginie, cheveux courts, grands yeux noirs; Jean-Christophe, cheveux longs, regard vif; Karine, visage rond, volubile; David, cheveux blonds, réservé; Marilyn, Olivier, Emmanuelle, Stéphane, Jean-David, Éric, Jean-Marie, Valérie et les autres... Tous attentifs et sérieux. Sages. Trop sages?

Je prends la place du prof. Pas d'estrade. Ils restent à leurs places. Pas de chahut. Mêmes tables, mêmes chaises, même tableau... Je crois revoir ma propre classe. J'étais aussi en terminale B, à leur âge. Mon choix n'était pas innocent. C'était en 68.

Entendrai-je les mots que je prononçais moi-même en 68? J'en doute. Ils semblent si différents.

– Quelle est votre priorité?

– L'emploi, me répondent-ils dans un même élan.

– Et votre obsession?

– Le chômage.

Si cet échange avait eu lieu dans les mêmes conditions en 68, mes camarades et moi aurions répondu, dans le même élan : Liberté. Liberté de parler au lycée précisément, de penser, d'agir, d'aimer. Mais cet échange était à l'époque impossible. Avant mai 68.

– Seriez-vous prêts à vous révolter pour obtenir un emploi, pour ne plus être obsédés par le chômage?

– Se révolter? Pour quoi faire? La révolte ne mène à rien. On veut changer la Société, mais sans violence.

Nous nous étions révoltés en 68, pour changer la Société. A-t-elle changé?

– N'était-ce pas une révolte en 86?

– Nous avons tous participé. Mais ce n'est plus qu'un souvenir.

– Avez-vous voté à l'élection présidentielle en 88?

– Non. Nous étions trop jeunes, mais nous avons organisé un vote blanc à bulletins secrets.

– Quel a été le résultat?
– Le même qu'en France.
– Il y a donc un clivage droite-gauche au sein de la classe?
– Pas du tout. Ce clivage ne veut plus rien dire. On peut voter pour un homme sans verser dans l'idéologie.

Nous croyions, nous, à l'époque, au clivage droite-gauche, mais nous ne voulions pas voter.

– Êtes-vous militants?
Rires.
– Syndicalistes?
Rires.
– Vous opposez-vous quelquefois?
– Sur quoi?
– Sur la politique par exemple?
– Comment voulez-vous qu'on s'oppose quand on ne se parle pas, quand on évite de se parler?

Nous étions si prolixes en mai 68!

– Pourquoi fuyez-vous l'échange entre vous?
– Pour éviter les conflits précisément. Et puis, on n'a pas le temps. On ne prend pas le temps. On rentre à la maison après les cours. On est obsédé par le bac et par la réussite aux examens. Votre démarche nous a surpris. Nos profs ne prennent jamais de telles initiatives. Mais c'est peut-être notre faute.
– Comment vous définiriez-vous?
– Comme des individualistes.
– Avez-vous l'intention, après le bac, de quitter vos parents?
Rires.
– Pour quelles raisons riez-vous?
– Parce qu'on n'a pas les moyens de quitter nos

parents. Et on n'en a pas forcément envie. On est bien en famille... Quand on a une famille.

Nous avions une famille. Et nous voulions la fuir.

– Et de quoi parlez-vous le plus souvent avec vos parents?
– De leurs difficultés... Et de celles qui nous attendent.

Voilà ce que disent aujourd'hui toutes les Virginie, les Karine, les Jean-Christophe et les Jean-David de France. Ils le disent tranquillement, ils le disent gravement. Lucides, mais fatalistes. Réalistes, mais sceptiques.

Nous voulions à vingt ans, il y a vingt ans, conquérir le monde. Ils veulent plus prosaïquement conquérir le marché du travail.

Nous voulions gambader, libres, partout. Ils sont libres, ils ne gambadent pas.

Nous voulions vivre seuls, comme les grands. Ils sont déjà grands, ils ne vivent pas seuls.

Nous rêvions à un monde meilleur. Ils ne rêvent pas, ils feraient un cauchemar.

Nous disions « communauté ». Ils disent « individus ».

Nous nous engueulions à force de parler, ils ne s'engueulent pas, ils ne parlent pas.

Nous voulions faire l'amour, on nous l'interdisait. On leur permet tout, ils n'en ont plus envie.

Nous pensions trouver la plage, au bout du chemin. Ils jouent sur cette plage, c'est une plage de galets.

Ce sont nos enfants. Les enfants de la crise. Nés au moment où le premier choc pétrolier secouait l'occident. Les enfants du divorce. Les enfants de la Peur. Peur du chômage, de la pauvreté, de la guerre, de la pollution, de la solitude, de la violence, du sida...

de la ville, grande ou petite. Et on voudrait qu'ils aient le sens de la fête! qu'ils ne soient pas repliés, recroquevillés, enfermés dans leur chambre!

Le dialogue qui aura duré plus de deux heures se poursuit autour de la machine à café, dans la cour intérieure du lycée. Nous ne parvenons pas à nous quitter. Leur cours de philo a pourtant commencé. Je les incite à monter; je ne tiens pas à perturber la vie du lycée, mais l'un d'entre eux redescend au moment où je m'apprête à partir.

– Nous souhaitons rester avec vous.

– C'est impossible!

– Si. Le prof est d'accord pour que vous assistiez au cours.

– Vous le lui avez demandé?

– Oui. Ça vous surprend?

Oui. Je suis surpris. Je les croyais sages au point de ne pas oser, de ne pas penser provoquer un tel chambardement. Ils l'ont fait pourtant et m'accueillent, amusés, dans leur petite salle, sous les toits en tuiles plates et grises du lycée Jean-Giraudoux. Grises ou bleues? Je crois rêver. Le soleil est si doux ce matin. La ville semble avoir changé de couleur.

Les deux personnes les plus gênées sont les adultes : le prof et moi. Les jeunes nous observent. Qu'attendent-ils de cette rencontre qu'ils ont délibérément suscitée?

– Où voulez-vous vous asseoir? Au fond de la classe?

Drôle de proposition. La classe n'apprécierait peut-être pas, après s'être confiée, que je me comporte comme un inspecteur. Je ne suis pas là pour inspecter. Pour juger.

– Non. Au milieu. Parmi les élèves.

Un regard rapide de Virginie. Il n'y a personne à ses côtés. Je la rejoins.

Cahiers. Cartables. Stylos. Casiers. J'ai dix-huit

ans ce matin. Je pense à mes profs. Mon prof de philo, Lapouge, mon prof d'allemand, Monique Rouby. La craie, l'encre, les bancs, les tables en bois inclinées, les fenêtres immenses et la chaleur. Je retrouve un parfum que j'avais oublié et qui ne traverse pas les murs épais du lycée repeint. On ne sent rien à Châteauroux.

Cheveux blancs argentés, chemise jaune mais cravate sombre, pantalon de velours... noir, lui aussi... Max Viratelle, le professeur de philosophie, commence son cours. Le thème aujourd'hui, prévu de longue date : « Autrui ». Sourires dans la classe. Il n'y a jamais de hasard.

Je prends des notes, comme mes « camarades ». Je n'ose pas parler. Ce n'est pas à moi de le faire. Le prof prendra-t-il, lui, une initiative?

– Pour vous, demande-t-il à ses élèves, « autrui », qu'est-ce que cela veut dire?

– Liberté, répond l'un d'entre eux.

Je n'avais pas entendu ce mot tout à l'heure.

– Échange, ajoute un autre.

– Société, dit un troisième – timidement.

Ils ne semblent pas sûrs de leur réponse. Ont-ils peur de se faire rabrouer. Ils sont moins bavards qu'avec moi. La relation entre les profs et leurs élèves n'aurait-elle pas changé?

– Nous n'aborderons pas ce thème, précise Max Viratelle, sous son aspect politique, mais psychologique. Et nous allons poser, à la manière de Platon, le problème de la communication des consciences.

Communication. Le mot clef aujourd'hui. Va-t-il passer de Platon à la société contemporaine? A la nôtre?

– Peut-il y avoir, interroge-t-il, une communication authentique avec autrui?

Silence.

Je ne comprends pas. Ils m'ont pourtant parlé tout à l'heure. Sur le manque de communication précisément. Que se passe-t-il? Ne parviennent-ils pas à communiquer avec leur prof de philo? Seule Karine pose de temps en temps une question. Mais Virginie ne dit rien. Jean-Christophe, Jean-David non plus.

Max Viratelle doit percevoir ma perplexité.

– Vous avez droit à la désinvolture intellectuelle, lance-t-il provocateur. A l'ironie même.

Mais ils n'ont pas envie de se montrer désinvoltes ou ironiques. Ils « doutent » pourtant, comme Descartes que le prof cite abondamment. Mais il le cite un peu trop, peut-être. Pour se protéger? Pour ne pas se livrer? Pour ne pas transcrire en termes concrets et actuels les vérités et les interrogations des Anciens?

La sonnerie retentit au bon moment. C'est l'heure de la récréation. Nous ressentions tous un malaise, le prof, les élèves et moi-même. Le prof parce qu'il était gêné par ma présence, les élèves parce qu'ils attendaient de cette situation imprévue un échange différent du cours habituel, et moi-même parce que je me suis volontairement censuré. Je n'ai pas osé bousculer les habitudes du lycée.

Les lycéens sont les plus déçus. Ils se réjouissaient sans doute secrètement à l'idée d'assister à une rencontre explosive entre le professeur de philosophie et le journaliste de télévision. L'un et l'autre ont pour métier de parler comme les sophistes grecs qui sillonnaient le pays pour discourir. Qui l'emportera? devaient-ils se demander. Qui nous convaincra? Ni l'un ni l'autre. Le prof s'est caché derrière les formules des philosophes qui traversent les siècles sans prendre une ride. Je me suis retranché dans un silence prudent. Timides et humbles, l'un et l'autre. Timides ou frileux? Humbles ou bloqués?

Nous nous montrons tout à coup plus loquaces, quand nous nous retrouvons tous les deux dans la cour, loin des élèves. Lui surtout. Il parle, s'épanche et ne s'abrite plus, cette fois, derrière ses maîtres à penser. Les termes sont directs et très actuels.

– Je suis malheureux, dit-il. Je ne suis pas épanoui. Pas de statut. Pas de dignité. Il n'y a plus d'éthique dans le système éducatif. Il suffit de voir notre bulletin de salaire pour s'en rendre compte. On réagira peut-être un jour comme les infirmières.

Je comprends mieux les raisons de sa discrétion, à l'heure du cours. Mon arrivée inopinée a dû en fait raviver la plaie. Ses élèves, distraits, intrigués, « excités » par ma présence, ne l'écoutaient pas vraiment. Il le sentait bien. Le journaliste de télévision, même muet, les intéressait davantage que le professeur de philosophie. Sans doute a-t-il souffert de les voir arriver en retard en cours, à cause du journaliste! Peut-être a-t-il été irrité par leur désir de m'inscrire, le temps d'une leçon de philosophie, en terminale B! Redoutait-il de voir le trente-huitième élève se comporter d'une manière insolente et dominatrice? Craignait-il d'être éclipsé par la « vedette »? Ou plutôt par le journaliste perçu comme une vedette?

« Pas de statut. Pas de dignité. » Comment ne pas comprendre son amertume! Il n'a plus de baguette magique. La magie est ailleurs, dans la petite lucarne. Ce sont les hommes de télévision qui apparaissent aujourd'hui comme les gourous. Plus exactement, les hommes ou les femmes qui « passent » à la télévision; ils peuvent être journalistes, médecins ou chefs d'entreprise. Le seul fait d'être vus, donc connus, donc reconnus, leur donne un pouvoir, une aura que les enseignants n'ont plus. Il nous arrive pourtant de parler pour ne rien dire, ou de « parler faux » comme des sophistes grecs.

Mon embarras est tel que je décide de ne pas « retourner en classe » après la récréation. Les adolescents insistent alors pour que l'on poursuive ou plutôt reprenne la conversation, à l'heure du déjeuner, sans le prof, comme ce matin au café de l'Europe, leur quartier général situé en face du lycée. Je m'y rends et me plonge en les attendant dans la lecture des textes que Max Viratelle leur a remis. Ils portent tous sur le thème du cours du jour : Autrui. Beau sujet de réflexion, dans une société où l'on réfléchit de moins en moins; on se contente d'agir, en pensant à soi, d'abord à soi, accessoirement à autrui. Dans une société dite de communication mais où l'on communique si mal avec autrui.

Ces textes, écrits par le philosophe anglais Thomas Hobbes, par Jean-Jacques Rousseau et Jean-Paul Sartre, m'aideront sans doute à en comprendre les raisons. Je commence donc à cocher certaines phrases, comme le ferait un étudiant, quand un groupe de jeunes entre dans la salle. Ils demandent au patron du café de l'Europe le journal local, *La Nouvelle République du Centre-Ouest*, qu'ils ouvrent nerveusement à la page trois. La lecture d'un article semble les rendre furieux et surtout fébriles.

– C'est faux, commentent-ils, c'est faux.

L'un d'entre eux s'approche et me prend à témoin.

– On sort du lycée. On sait que vous faites une enquête sur la ville. On vous assure qu'ils n'étaient pas des « dealers ». On les connaît.

– Je ne comprends pas. De qui parlez-vous?

– Lisez.

Je n'avais pas eu le temps de m'informer ce matin. Je n'avais pas lu *La Nouvelle République du Centre-Ouest* ni écouté Radio-Berry Sud. Le titre s'étale à la une du quotidien : « La police démantèle un réseau de drogue à Châteauroux. » Et en page trois, sur quatre colonnes, dans la rubrique faits divers, un article illustré par une photo : « Les huit dealers en détention. » « La police a retrouvé chez eux des plaquettes de H, précise le journal. Un peu plus d'un kilo qu'ils avaient rapporté de Paris. Tout laisse à penser, poursuit-il, que le réseau s'était bien mis en place et que ses structures commençaient à être solides. Les huit revendeurs sont détenus à la maison d'arrêt de Châteauroux. Ils ont été inculpés de trafic, détention et usage de drogue. Rappelons qu'il s'agit de... (Les noms apparaissent alors en toutes lettres.) Le plus âgé a vingt-trois ans. »

– C'est terrible. En prison. Nos copains sont en prison.

Le jeune garçon qui me parle et dont je tairai le nom et le prénom est abattu. La maison d'arrêt de Châteauroux est au centre même de la ville, à quelques centaines de mètres à peine du lycée, derrière la poste.

– Je vous le jure, ce ne sont pas des trafiquants, répète-t-il.

– Mes confrères n'écrivent pas n'importe quoi. Les policiers ont bien retrouvé de la drogue chez eux?

– Oui. C'est vrai, mais ils ne voulaient pas la revendre.

– Un kilo, c'est tout de même énorme!

– Oui. Mais on voulait simplement fumer. C'était pas un trafic.

– Mais enfin, il fallait avoir de l'argent pour acheter cette drogue!

– Ils s'étaient cotisés. Et ils offraient des « barrettes » à leurs copains.

– Des barrettes?

– Oui. Des barrettes de cinq grammes. Cela fait environ six « joints ».

– Pourquoi fumez-vous?

– Pour rêver.

– On peut rêver sans haschisch.

– Non. Pas ici. On s'emmerde. Vous croyez que c'est agréable de passer sa jeunesse dans le Bronx!

– Le Bronx? A Châteauroux?

– Les adultes disent la ZUP. Nous, on l'a baptisée le Bronx.

– Pour quelles raisons?

– Parce qu'il y a sans arrêt des bagarres entre Arabes et Français, entre Français et Français, entre Manouches et Français. Comment voulez-vous ne pas vous évader! Il y en a qui boivent et ils sont nombreux à Châteauroux. Nous, on fume. Ils n'arrêtent pas ceux qui boivent. Mes copains, eux, sont en prison.

– Ils savaient tout de même ce qu'ils risquaient?

– Oui. Ils le savaient. On a joué. On a perdu. On a joué, on a perdu, répète-t-il la tête entre les mains.

– Mais vous savez que la drogue dite douce peut vous inciter à goûter à d'autres drogues, encore plus dangereuses?

– Oui, mais ce n'est pas notre cas. On n'est pas en état de manque. Le « speed-ball » c'est pas notre « trip ».

– Le... quoi?

– Le speed-ball, c'est un mélange de cocaïne et d'héroïne.

– Parce qu'il y a aussi de la cocaïne et de l'héroïne à Châteauroux?

– Évidemment. Vous semblez débarquer. Il y a des jeunes qui se piquent en plein centre ville.

– Et où se procurent-ils leurs barrettes ou leur speed-ball?

– Dans les cafés, ou bien autour de la gare.

Ainsi, la drogue rôde-t-elle aussi dans le Berry. Je pensais, naïf, qu'elle ne s'intéressait qu'aux grandes villes, bigarrées et débauchées. Je croyais qu'elle n'était attirée que par les entrailles des métropoles. Je l'imaginais errant dans le métro ou dans les ghettos et cherchant dans la foule ses jeunes victimes consentantes.

Elle se promène ici aussi dans une ville si moyenne, si tranquille, si française. Elle tourne ici aussi, sournoise et captivante, autour de la petite gare où le Capitole ne fait que passer, autour de ces cafés où l'on feint de ne rien voir, autour de ce lycée de province où je dissertais, il y a une heure à peine, sur le manque de communication. Elle attend, patiente, le moment où l'adolescent qui « s'emmerde » à Châteauroux voudra bien « voyager » avec elle, s'évader, partir pour une contrée qu'il ne connaît pas. Il lui suffira de se rendre une seule fois dans ce royaume imaginaire pour avoir l'envie, irrépressible, d'y retourner. Il fera ainsi plusieurs aller-retour entre Châteauroux-la-grise et ce pays-couleurs. Entre la brume et l'arc-en-ciel. Entre la mélancolie et l'euphorie. Et il parlera, abondamment, ce qu'il ne fait plus à Châteauroux, et il rira, ce qu'il n'ose plus faire à Châteauroux. Il rira, avec les autres « voyageurs », jusqu'à s'enivrer... Jusqu'au moment où sa « muse », lasse de jouer avec lui, cherchera à séduire d'autres adolescents. Il voudra la revoir, la suppliera, volera pour elle... mais il sera trop tard. Il acceptera alors, vaincu et brisé, l'aller simple qu'elle lui offrira en ricanant pour ce pays qui l'attirait tant : le Paradis.

Mais qu'il prenne garde. S'il parvient à s'en échapper encore, à revenir sur terre, chez les siens, qu'il prenne garde à ne pas récidiver. Elle pourrait, monstrueuse, ne lui accorder aucun sursis et avec l'aide d'une vulgaire seringue usée ou sale, l'envoyer cette fois dans un pays dont on ne revient jamais, un pays hanté par un Mal invincible, invaincu par l'homme : le SIDA.

Châteauroux ne veut pas en entendre parler. Châteauroux prétend ne l'avoir jamais vu. Il est là pourtant lui aussi. Il commence à rôder à son tour. Il a déjà terrassé huit personnes dans l'Indre, deux à Châteauroux. La ville ne l'a pas su. Elle n'a pas voulu le savoir. Elle ferme les yeux. Et Sylvie en souffre.

Sylvie a vingt-cinq ans et de grands yeux bleus. Des yeux qui vous regardent, intensément, et qui vous troublent. Difficile de trouver les mots quand on a, en face de soi, une jeune fille blonde qui vous dit calmement, sans un cri :

– Le jour où le médecin m'annoncera la nouvelle, je me suiciderai.

Sylvie est séropositive. Elle n'a pas le sida, mais ne se fait aucune illusion.

Nous avons décidé de nous rencontrer dans une pièce de l'hôpital de Châteauroux où elle se rend régulièrement, au premier étage d'un pavillon aux toits gris identiques aux six autres qui encadrent une cour rectangulaire. Ce pavillon construit au début du siècle a une lettre. Je ne la mentionnerai pas. Les autres patients ne savent pas que les séropositifs viennent ici fréquemment, incognito. Seul le médecin connaît leur nom, et quand leurs dossiers circulent à l'intérieur ou à l'extérieur, ils ne portent qu'un numéro.

Sylvie travaille. Elle n'a rien dit à ceux qui l'emploient. Si elle le leur disait, elle serait, elle en est sûre, au chômage.

Sylvie n'a pas d'amis. Ses seuls amis sont comme elle, séropositifs. Ils ont goûté, comme elle, à l'héroïne. Ils ont renoncé aujourd'hui au poison, mais il est trop tard.

– J'ai pris ça comme une punition, dit-elle, en caressant machinalement la médaille qu'elle porte au cou, une croix bien visible sur son pull-over rouge.

Punie trois fois. Par le destin une première fois :

famille pauvre. Par la maladie, une seconde fois. Par la ville, une troisième fois. Ce qui m'oblige à ne pas mentionner son nom de famille, pour la protéger. Sylvie est contrainte de se taire. Elle a peur de « leurs » réactions. Elle a pourtant une telle envie, un tel besoin de parler. Ce qu'elle fait avec moi.

Sylvie se cache. Elle ne sort pas, elle ne danse pas. Ni au Sherwood, ni à la piscine à vagues. Elle pourrait le faire pourtant. Rien ne le lui interdit. Mais elle souffrirait trop de devoir fuir si elle était courtisée. Fuir, parce qu'il n'y a pas d'autre issue pour elle.

– Un petit ami? A quoi bon, quand on ne peut pas, quand on ne doit pas avoir d'enfants!

Pas d'enfants. Elle le dit à plusieurs reprises. « Pas d'enfants. Pas d'avenir. »

Sylvie n'a jamais quitté sa ville. Sa sœur non plus. Sa sœur est encore plus jeune. Elle est aussi séropositive. Elles sont nées toutes les deux à Châteauroux, France profonde, France réelle.

– Elles sont obligées de se taire, me confie leur médecin traitant, parce que la ville réagirait très mal à l'idée d'avoir le sida ou le virus du sida dans ses murs, comme s'il s'agissait de la peste. Quant aux garçons séropositifs, ils souffrent tout autant parce que s'ils parlaient, ils révéleraient, en même temps que leur séropositivité, leur homosexualité; certains d'entre eux du moins. Et cela aussi, la ville ne le supporte pas.

La ville serait-elle assez prude pour condamner à ce point l'homosexualité? Pour contraindre Christian par exemple à « errer » chaque soir à la recherche d'un partenaire au parc de Belle-Isle.

Il le fait en voiture, il n'en sort jamais. Il a peur d'une éventuelle agression et il participe comme d'autres automobilistes à ce ballet nocturne qui le conduira un soir chez un inconnu, ou qui finira par une rencontre chez lui, dans sa petite maison d'une petite rue près de la ZUP.

Christian est cadre dans une grande entreprise. Ses collègues ne savent rien. Il vit seul dans sa petite maison, sans compagnon, car les voisins comprendraient. Seule sa sœur est au courant de son mode de vie. Ses parents l'ont appris il y a peu de temps; ils n'ont toujours pas admis.

Christian refuse de « fréquenter » les autres homosexuels qui se cachent pourtant aussi et qui vivent dispersés. Aucun restaurant d'« homos », aucune boîte... La ville ne l'accepterait pas. C'était vrai avant l'apparition du sida, ça l'est encore davantage.

Pourquoi se montre-t-elle alors plus tolérante avec Muriel qui, elle, « travaille » à la Bohème, un bar aux vitres opaques, boulevard Saint-Denis? Parce que la Bohème comme le Blue Lagoon lui rappellent la présence américaine? Parce qu'elle rêve, encore, nostalgique, à ces « golden years », à ces années d'or où les Cadillac et les Chevrolet parvenaient à peine à passer dans les ruelles de la vieille ville? Les Cadillac ont disparu. Il ne reste que les robes à paillettes des entraîneuses qui n'entraînent plus grand monde, le vieux juke-box qui attend quelques pièces pour « chanter » et la « roulotte » pour VRP trop seuls. Une vraie roulotte parquée comme un vieux wagon dans l'arrière-salle du bar. Deux petites banquettes des années cinquante. Un cendrier Berger sur une petite table en bois, les parois tapissées d'un tissu fleuri bon marché et le plancher recouvert d'un linoléum...

Voilà ce que découvrent les commerçants, les agriculteurs, ou les notables en mal d'aventures. En mal de « voyages ». La roulotte doit être bien triste. Elle ne peut même pas fuir. Ils ont bloqué ses roues...

9

– Bonjour, cher monsieur, comment allez-vous?

– Bien. Et vous?

– Bien. Connaissez-vous la dernière histoire qui court dans toute la ville?

– Non.

– Comment? On ne vous a pas passé la revue qui fait le tour de Châteauroux?

– Non. Laquelle?

Dialogue inattendu avec une personnalité de la « société civile » castelroussine, devant une librairie-papeterie du centre ville, où je m'apprêtais à acheter les journaux. Son excitation m'intrigue. S'agirait-il du *Provisoire*, le « mensuel du Berrichon évolué », *Le Canard enchaîné* local qui n'épargne personne?

– Entrons. Ils l'ont peut-être à la librairie.

– Bonjour, chère madame, comment allez-vous?

– Bonjour, cher monsieur. Bien. Et vous?

– Bien. Je viens de parler à notre ami de la revue que tout Châteauroux s'arrache. Peut-on la lui montrer? demande-t-il d'un air mystérieux.

– Volontiers, répond-elle avec un grand sourire. J'étais justement en train de la regarder. Tenez!

admirez-la, dit-elle en posant le magazine près de la caisse qu'elle ne quitte jamais.

Je m'étais trompé. Rien à voir avec le « mensuel du Berrichon évolué », cette feuille de chou anarchiste imprimée, faute de moyens, comme un tract. La revue qui fascine Châteauroux est plus « sélect », les titres sont en couleurs, les photos aussi. Couleur chair. Le nom de la revue est ambigu : *Ultra Secret*, mais la photo de couverture l'est beaucoup moins. Le secret est d'emblée dévoilé par la « dame » qui pose d'une manière si « ultra », si suggestive que je crois d'abord à un nouveau procédé d'impression. C'est peut-être cela qui déclenche un tel intérêt. Le modèle est si bien... découpé qu'il semble être en relief. Mais je n'ose pas vérifier.

– Non, non, elle n'est pas sur la couverture, elle est à l'intérieur, précise la libraire. Attendez, ajoute-t-elle en feuilletant bruyamment la revue, sous les yeux de deux clients qui viennent d'entrer. Voilà, elle est là.

Apparaît alors une autre « dame » vêtue simplement de bas noirs et juchée sur des chaussures à très hauts talons noirs. Noirs! La mode toujours.

Elle doit avoir froid dans cette tenue, si froid qu'elle éprouve le besoin de faire quelques mouvements, pour se réchauffer. Gymnastique sur papier glacé saisie dans sa grande spontanéité par un photographe de talent. Elle croise d'abord les bras, les décroise, plie les jambes, les déplie, penche la tête à droite, à gauche, en avant, en arrière. Elle s'étend ensuite, sur un divan couleur pourpre, sur le dos, sur le ventre, de côté, de l'autre côté, de tous les côtés, jusqu'à se faire mal. L'exercice doit être éprouvant. Elle semble même pousser un petit cri avant de se détendre enfin, complètement, totalement. Pour le plus grand plaisir de mon interlocuteur.

– Elles sont belles, n'est-ce pas, les Berrichonnes?

– Ah! parce qu'elle est berrichonne!

– Lisez!

– Mais pourquoi porte-t-elle un bandeau sur les yeux?

– Lisez donc!

Et je lis. Le titre d'abord « L'inconnue de la Haute ». La légende ensuite : « Qui est-elle? une call-girl? une actrice de films pornos? un modèle pour magazine de charme? Pas du tout! Cette superbe créature est l'épouse d'un notable de Châteauroux! C'est pour cette raison qu'elle refuse catégoriquement de montrer son visage. Fort heureusement, elle fait moins de mystères quant aux autres parties de son anatomie! »

– C'est une farce!

– Pas du tout. Lisez donc!

Et je lis.

« Peut-être faites-vous partie des heureux élus de son corps. Dans ce cas, vous savez comment elle procède. Masquée et vêtue en prostituée, elle se poste la nuit au coin d'une rue comme un flic en faction. Et lorsque surgit un mâle, elle l'aborde illico et l'emmène dans un appartement douillet qu'elle loue en secret. »

– Mais il n'y a pas de prostituées à Châteauroux! Du moins pas dans les rues!

– Ce n'est pas une prostituée. Vous avez mal lu.

« A première vue, tout porte à croire qu'elle est une professionnelle du sexe, mais cette femme au corps brûlant n'a nul besoin de vendre son corps pour subvenir à ses besoins. Son mari est assez riche pour satisfaire à tous ses caprices, mais il en est un que l'argent ne peut acheter. Le péché mignon de cette curieuse bourgeoise? S'offrir sans détour au premier inconnu. »

– Je dois être un mauvais journaliste. Je n'ai pas encore eu l'occasion de la croiser.

– Elle s'est sans doute absentée. Mais ne prétendez plus qu'on s'ennuie à Châteauroux.

Oh! non, je ne devrais plus le prétendre si j'en crois *Ultra*, la revue dite de charme.

« Avant de passer à l'acte, la femme du notable vous offre un spectacle à vous couper le souffle. Elle vous montre son corps sous toutes les coutures. Vous pouvez même sentir jusqu'au délire tous ses parfums musqués. Et, lorsqu'elle vous sent prêt, fou de désir, pris de vertiges jusqu'à sentir vos oreilles bourdonner, alors elle vous laisse l'honorer jusqu'au bout de la nuit. Pour ceux qui ont cette chance, il fait bon vivre à Châteauroux. »

– Il a un succès fou, ce magazine, jubile la libraire. J'ai dû commander d'autres numéros depuis que tout Châteauroux le sait.

– Et tout Châteauroux connaît, j'imagine, cette Emmanuelle locale?

Sourires complices et entendus du notable et de la libraire.

– Moi je sais, murmure-t-elle, c'est la femme de...

– Vous en êtes sûre? chuchote-t-il.

– Oh! oui. Enfin presque sûre.

– Comment l'avez-vous appris?

– On me l'a dit. Et puis ça ne m'étonne pas.

« On » lui a dit. Qui, on? La rumeur, bien sûr. Une rumeur si tenace qu'elle est parvenue jusqu'aux oreilles toujours grandes ouvertes du directeur des Renseignements généraux. Il sait, malgré le secret qui entoure la vie de la « Haute ». Châteauroux a son *Histoire d'O* et s'en délecte. *Ultra* lui évite ainsi de se rendre à la Bohème ou chez Raspoutine, c'est trop risqué. Il lui suffira d'imaginer Muriel avec Untel dans la roulotte.

Ultra lui évite aussi de se hasarder le soir au parc de Belle-Isle, c'est trop dangereux. Il lui suffira d'imaginer la femme du notable, le soir, au bord de l'Indre, au milieu des hêtres et des saules pleureurs. Et Châteauroux s'endormira tout excitée à l'idée que des ombres nues s'entrelacent dans la brume du Berry. Des ombres... ou des fantasmes.

10

Que se passe-t-il? Suis-je atteint à mon tour du syndrome d'*Ultra*? Elle m'obsède. Elle est peut-être là, à quelques mètres à peine, au milieu des notables qui m'ont aimablement invité à dîner au restaurant Jean-Louis Dumonet, la Tour d'Argent locale, 1, rue Jean-Jacques-Rousseau. Ils doivent me trouver bien rêveur. Bizarre même. C'est vrai, je les regarde toutes avec un drôle d'air. Je cherche « la femme du notable ». Et je ne dispose que de deux indices : cheveux châtains et lèvres évidemment sensuelles! Non, celle-ci est trop grande. Celle-là est trop blonde. Maudit bandeau! J'aimerais tant connaître les raisons d'une attitude aussi provocatrice à l'égard du Tout-Châteauroux.

Mais je devrais peut-être me ressaisir. Je suis, je l'avoue, désorienté. Je comptais bien devoir suivre quelques sentiers détournés, mais je ne pensais pas me trouver aussi tôt, aussi vite, dans le pays interdit de la sexualité. J'avais bien l'intention de laisser vagabonder mon regard et ma plume, sans oublier pour autant mes repères habituels. Réflexe de journaliste politique, j'avais inscrit sur mon carnet les titres des thèmes qui allaient me servir de bouées dans cette traversée : « politique », « vie économique et sociale », « culture », « jeunesse », « éducation », « santé »... J'avais décliné la liste que l'on décline tous les matins à la conférence de rédaction, lorsque les chefs de service présentent le menu du jour. Il n'y a pas dans les rédactions des journaux sérieux de « service sexualité ». Je ne savais pas que j'allais devoir ajouter cette rubrique. Je me prenais pour Tocqueville, il me fallait mimer Henry Miller; mais pour Miller, l'amour était une fête. On ne fait pas la fête quand on a peur d'être terrassé, quand on a peur d'en mourir. Alors on « sublime » par le travail ou les mots, on compense par la bouffe, on y pense par le regard.

– Vous avez de la chance d'être là ce soir. C'est un soir important pour nous.

Patrick Serpeau, le chirurgien, a-t-il deviné mes pensées?

– Pourquoi, ce soir?

– Parce que le Lions Club fête son dixième anniversaire.

– Et de quelle manière allez-vous le fêter?

– Je ferai d'abord un discours en tant que président, nous prendrons ensuite le temps de dîner et nous danserons enfin. J'ouvrirai le bal. Et j'aimerais que vous fassiez aussi un discours.

– Qui? Moi?

– Oui. Nos amis seraient honorés.

– Mais pour leur dire quoi?

– La raison de votre présence.

– Ils la connaissent.

– Ils aimeraient sûrement entendre vos premières impressions.

– Non, non. C'est trop tôt. Et puis je ne voudrais pas détourner le sens de cette soirée. Le Lions Club fête un anniversaire en famille. Je suis sensible à votre invitation, mais un seul discours doit être prononcé : le vôtre.

– Pardonnez-moi, je reviens dans un instant. Je vais accueillir mes invités.

Ouf! un répit. Mon hôte est sans doute surpris par mon refus. Tant pis! Je serais mal à l'aise si je devais parler, je le sais. Et je créerais un malaise. Ils savent évidemment tous ce que je fais à Châteauroux, mais je m'imagine mal, décrivant dans le détail le déroulement de mon enquête, tout en cherchant du regard « la femme du notable ».

Je culpabiliserais l'industriel et je n'y tiens pas, si je dénonçais tout à coup, entre deux coupes de champagne, la disparité des situations dans cette ville « à dimension humaine ». Il a travaillé d'arrache-pied pour réussir. En quoi est-il responsable de la détresse de Patrick, le « nouveau pauvre »?

L'avocat n'apprécierait pas que j'évoque le manque de communication. Il tente précisément de communiquer ce soir. Avec ses amis.

Le banquier ne comprendrait pas que je fasse allusion aux intentions de Tahiri et de Boumédienne. L'attribution d'un prêt pour l'ouverture d'un commerce se fait sur des critères très précis. Ai-je le droit de les ignorer?

Le notaire hausserait les épaules si je lui suggérais d'inciter les propriétaires des maisons inoccupées à les « prêter » à ceux qui n'en ont pas.

Je gâcherais la soirée si je les mettais tous en garde contre la drogue qui se répand dans la ville et le sida qui apparaît dans le Berry. Ils ont tous des enfants.

Et ils pourraient croire enfin à une coquetterie de ma part : faire un discours sur « les fondements de l'inégalité parmi les hommes et leur permanence », rue Jean-Jacques-Rousseau, voilà bien une idée de Parisien! Pourquoi ne pas proposer dans la foulée un nouveau *Contrat social*?

– Non, vraiment, dis-je au Dr Serpeau, revenu de ses mondanités, je préfère vous écouter.

– Bien, je n'insiste pas. Permettez-moi de vous présenter monsieur le préfet. Il vient d'arriver.

– Vous avez invité le préfet au dîner du Lions Club?

– Oui et non. Monsieur le préfet est membre du Rotary. C'est à ce titre que nous l'avons invité. Nous tenons à entretenir de bonnes relations avec le club « rival » et néanmoins ami. Monsieur le préfet, permettez-moi de vous présenter Paul Amar qui s'intéresse beaucoup à notre ville.

– Je sais, dit-il.

Je sais qu'il sait. Je n'avais pourtant pas téléphoné à la préfecture, mais je me souviens d'une rencontre fortuite avec un confrère au restaurant le Pymm's, rue Jean-Jacques-Rousseau également.

– Que fais-tu ici? m'avait-il demandé. Quelle idée de venir à Châteauroux!

– Je viens pour « ausculter » une ville moyenne française, lui avais-je répondu.

– As-tu besoin de contacts? N'hésite pas. Je peux t'aider.

– Merci. Mais je préfère éviter pour l'instant les institutions ou la classe politique. N'en parle pas, s'il te plaît, autour de toi.

– C'est trop tard, cher monsieur. Nous savons depuis fort longtemps que vous êtes là!

Ce n'était plus mon confrère qui parlait mais une tierce personne qui déjeunait ce jour-là avec lui. Un grand jeune homme souriant et très sûr de lui. Allure d'énarque, costume d'énarque, langage d'énarque.

– Bonjour, je suis Jean-Michel Drevet, secrétaire général de la préfecture. Bienvenue à Châteauroux. Votre démarche est intéressante. J'espère que vous allez mieux.

– Pourquoi irais-je mieux? Je ne suis pas malade.

– Vous étiez bien angoissé, le jour de votre arrivée!

– Angoissé! Comment le savez-vous?

– Nous savons.

Diantre! comment a-t-il appris? Je m'étais pourtant confié à peu de personnes. Si, à ma femme. Je lui avais téléphoné à plusieurs reprises. Écouteraient-ils les conversations téléphoniques? Pas de parano! Le syndrome d'*Ultra* me suffit.

– S'il vous plaît, mes amis. Il est temps de passer à table. (La voix énergique de Patrick Serpeau interrompt mes rêveries.) Mais avant de dîner, permettez-moi de vous adressez quelques mots :

« Monsieur le préfet,

Mon général,

Mesdames, messieurs,

Chers amis

Le Lionisme fut fondé le 7 juin 1917 à Oakbrook dans l'Illinois, aux États-Unis, par un agent d'assurances qui procéda à la fusion de plusieurs clubs, indépendants et déjà existants, partageant le même idéal et soucieux de se mettre au service des plus déshérités sans considérations d'ordre politique, social ou religieux.

Vous connaissez notre devise : *We serve.*

Quant à notre objectif, il est plus que jamais d'actualité : la création et le développement d'un esprit de compréhension entre les peuples du monde. La création d'un forum pour la pleine et libre discussion de tous les sujets d'intérêt public, sauf ceux de politique intérieure et de religion sectaire... »

Et après avoir déploré « les égoïsmes, les préjugés et la peur d'oser », le président du Club définit en guise de conclusion l'esprit du Lionisme. Il tient en quelques mots : « La participation au bien-être social et moral de la Communauté. »

Applaudissements de toute la salle. J'applaudis aussi. Leur devise est belle et noble : *We serve* (Nous sommes au service de ...) mais elle me fait soudain penser à ceux qui se trouvent en ce moment, juste en face du restaurant, sur le banc public et qui n'ont pas entendu le discours. Les grandes baies vitrées et les lourdes tentures nous protègent si bien de la rue. Loïc est-il parmi eux? Je l'ai rencontré hier soir, près de la gare. Il mendiait. Il venait de Vierzon. Le contrôleur de la SNCF l'avait fait descendre à Châteauroux parce qu'il n'avait pas payé son billet de train. Il n'a même pas de quoi manger. Alors il « galère », c'est son terme. Comme Kerouac. Loïc a vingt-trois ans.

Pourquoi ne pas aller le chercher, s'il est là? Pourquoi ne pas prendre à la lettre la devise *We serve*. Nous l'inviterions à la table d'honneur et il se ferait « servir » comme nous. J'y songe un instant, mais je renonce tout aussitôt. La peur d'oser. Ou la peur qu'il soit trop facile d'« oser », dans ma situation et de ne faire, sans grand risque, qu'un geste naïvement ostentatoire.

Je me contente de mots, d'une enquête, d'un livre. C'est une forme de lâcheté. Ils se contentent eux aussi de mots, autour d'une bonne table, ou de quelques initiatives ponctuelles. Mais je ne me donne pas le droit de les blâmer. Ils pourraient à juste titre me renvoyer le compliment. Je n'ose pas, à ce moment précis, faire le bien. Ils ne font aucun mal.

Mais je constate que la ville, comme la France, n'est finalement qu'un puzzle éclaté. Nous continuons de vivre comme nous vivions autrefois : en tribus. Chaque groupe vit dans sa grotte. Elle peut être éclairée, illuminée comme la caverne d'Ali Baba ou sombre comme une antre sans issue, personne ne va de l'une à l'autre. Pas de passerelle, pas d'échange ou si peu, pas de brassage.

Les ghettos étaient hier visibles. Ils ne le sont plus

aujourd'hui. Mais ils existent toujours. Dans les têtes. On croit vivre ensemble parce qu'on prend à la même heure, ensemble, le même autobus; parce qu'on part ensemble en vacances, quand on part; parce qu'on regarde à la même heure la même télévision, ou plutôt les mêmes programmes; parce qu'on se croise chaque jour, en costume gris et robe noire, dans les rues des villes.

Mêmes transports, mêmes loisirs, même culture, mêmes uniformes, même drapeau. Cela devrait suffire à unifier une société, à unir les tribus. Ce n'est pas le cas. Comme si l'on prenait un malin plaisir à tracer sans cesse de nouvelles frontières, à remplacer aussitôt une barrière qui tombe par une autre barrière. « Le premier qui, ayant enclos un terrain, s'avisa de dire : “ Ceci est à moi ” et trouva des gens assez simples pour le croire, fut le vrai fondateur de la société civile. » Cette idée si juste a été exprimée au XVIIIe siècle par Jean-Jacques Rousseau, décidément je n'y résiste pas, dans son *Discours sur l'origine et les fondements de l'inégalité parmi les hommes*. Elle l'est toujours, au XXe siècle. Elle a même été appliquée, avec un sens aigu de la propriété, par les habitants de Brassioux, à quelques kilomètres de Châteauroux, sur la route de Valençay, qui conduit au château de Talleyrand. Les Américains avaient édifié un village, au temps de l'OTAN. Maisons basses et blanches comme ils en construisent chez eux, dans leurs banlieues blanches des grandes villes colorées. Pas d'enclos, les voisins se connaissaient; pas de fossé, les enfants jouaient ensemble. Les Américains sont partis, les Français les ont remplacés. Les enclos sont apparus, sous forme de palissades, de clôtures et de haies. Les maisons blanches de Brassioux se cachent désormais sous les arbres.

On vit tous comme à Brassioux.

– Jean-Louis Dumonet vous propose comme première entrée une terrine de foie gras de Chalosse.

La jeune femme qui ouvre ainsi le dîner et qui va de table en table pour présenter le menu de ce dixième anniversaire du Lions Club est l'épouse de Jean-Louis Dumonet. Jeune, blonde, élancée, elle ressemble davantage aux mannequins immenses que l'on croise avenue Montaigne à Paris qu'à une « mamma ». Tout change avec la nouvelle cuisine.

– Nous vous invitons, poursuit-elle enjouée, à entrer dans notre « farandole des vins ». C'est un jeu fort agréable. Chaque mets sera accompagné d'un vin dont nous garderons secret le nom. Vos palais avertis devront le deviner.

Et aussitôt, comme dans un ballet bien réglé, le maître d'hôtel, le sommelier et les garçons de restaurant apparaissent.

– Humm! c'est sans doute un gewurztraminer, suggère Patrick Serpeau qui goûte avec délicatesse le premier vin. Il est à la fois sec et moelleux.

– Je verrais plutôt un sauternes, réplique le général Toulouse, commandant le camp d'entraînement de l'armée de terre, près de la ville. Je le vois à sa couleur jaune paille.

– Son bouquet me fait penser à un vin de Loire, se hasarde le Dr Fleury.

– Non. C'est un bordeaux blanc, avance sûre d'elle Mme Serpeau, l'épouse du chirurgien.

Guy Carrieu, lui, ne dit rien. Il ne tient pas à commettre une erreur. Guy Carrieu est directeur-général adjoint des services du département de l'Indre. Il a longtemps hésité avant d'entrer au Lions Club. Il y a en effet un autre Lions Club dans la ville, « plus âgé », vieux de trente et un ans. Les deux Lions Clubs l'avaient coopté. Ils se l'arrachaient. Guy Carrieu était lui-même « déchiré ». Le fondateur du nouveau Lions Club a dû jouer, c'est son terme, les

« Perez de Cuellar ». Tout s'est arrangé et Guy Carrieu a pu entrer, sans drame, au Club junior. Les conflits à Châteauroux se réduiraient-ils désormais à une bataille de « Lions »?

– Voici la brochette de langoustines panées aux huîtres de Marennes d'Oléron. Avec un nouveau vin, annonce, suave, Mme Dumonet.

– Et quel était le premier vin?

– Un bordeaux blanc, répond-elle.

Mme Serpeau avait raison. Les hommes perdraient-ils le monopole de la dégustation? Plutôt vexant pour un club d'hommes qui n'invitent leurs épouses que dans des circonstances exceptionnelles!

– Ah! celui-là est un reuilly, s'enhardit du coup Mme Blanchet, la commerçante.

– Vous avez sans doute raison, renchérit le chirurgien. C'est un vin du coin.

– Oui. Mais un quincy, affirme le général. Il est très sec et plutôt jeune. Il va très bien avec les huîtres. Oui, c'est un quincy.

Jean-François Cazala ne dit rien. Comme Guy Carrieu, il ne tient pas à commettre une erreur. Il est si avisé, le Dr Cazala, et si discret. Il écoute, observe, sourit et commente à sa façon, par le regard. Il aurait aimé être ethnologue. L'étude du mode de vie de toute une population dans une ville moyenne comme Châteauroux aurait pu le passionner. Mais aurait-il écrit tout ce qu'il sait, tout ce qu'il voit depuis de si longues années? Non, sans doute. Il en sait trop. Il aurait aimé s'engager dans la vie politique. Il a fait une première tentative en 1968, aux élections législatives; il était alors suppléant du socialiste Charles Hernu. Très bon résultat au premier tour, échec au second, à cause des communistes. Il a fait une seconde tentative en 1979, aux élections cantonales, sur la liste RPR. Échec à nouveau. Pourquoi est-il passé du parti socialiste au RPR? A cause des communistes. Il ne voulait pas du programme commun PC-PS. Il se verrait volontiers l'artisan d'un autre programme commun PS-RPR. Il a lui-même donné l'exemple de la cohabitation, bien avant l'Élysée et Matignon. C'était en 1984. Il mariait alors son fils. Ses deux témoins étaient deux « barons » : Charles Hernu, socialiste, et Michel Aurillac, RPR. Le mariage fut une fête. Le vrai mariage, celui du fils. L'autre « union », comme on sait, n'a pas eu de suite. L'alchimie du Dr Cazala n'a pas produit de miracle. Le radicalisme berrichon ne s'exporte pas. Pas encore.

– Vous allez maintenant apprécier le filet de sandre rôti au vin rouge enrichi de Banyuls, pommes et choux de Bruxelles.

Mme Dumonet se veut toujours gracieuse.

– Le vin numéro deux, c'était bien un Quincy?

– C'était bien un Quincy, général.

Sourire du général. Mme Blanchet s'était trompée. Sinon, le Lions Club ne s'en serait pas remis.

– Pardonnez-moi, monsieur le préfet, mais peut-on connaître les raisons du départ de M. Drevet, le secrétaire général de la préfecture?

– Je ne comprends pas votre question, monsieur Serpeau.

Silence gêné autour de la table. Les autres convives redoutaient cet instant. Ils pensaient l'éviter, mais ils ne sont pas vraiment surpris. « Le chirurgien Serpeau ne perd décidément pas ses habitudes de Parisien. Il est trop direct. Ici les fleurets sont toujours mouchetés. »

– Il s'agit bien d'une mutation politique, monsieur le préfet?

– Pas du tout, monsieur Serpeau. Il s'agit d'une promotion.

– Une promotion aussi brutale!

– Quitter Châteauroux pour Calais, c'est une promotion. Brutale? Pas que je sache. Il était informé depuis plusieurs semaines. Et il est heureux de devenir sous-préfet à Calais.

La blonde Mme Dumonet apparaît alors. Au grand soulagement du Dr Cazala et du général Toulouse.

– Tout va bien, demande-t-elle innocente?

– Tout va bien, répondent-ils polis.

– Au fait, avez-vous trouvé le vin numéro trois?

– Oui. C'est un sancerre, croit savoir le Dr Fleury.

– Non, un beaujolais, insiste Mme Blanchet.

– Un chinon, plutôt, précise le général. Il est si parfumé.

– Vous brûlez, général. C'est bien un touraine. Mais c'est un mesland. Vous n'aurez pas à jouer cette fois, poursuit-elle indulgente. Nous vous offrons comme vin numéro quatre notre « trou berrichon ». Il s'agit d'un Granité Cherry-Marnier. Il vous détendra avant le mets suivant : le pigeon de Touraine désossé aux endives.

Mme Dumonet ne croit pas si bien dire. Le trou berrichon permet à tous les convives de passer à un autre sujet de discussion moins brûlant et incite chacun d'entre eux à s'adresser à son voisin pour éviter précisément tout débat général. Je m'apprête à demander discrètement au préfet si le départ du secrétaire général de la préfecture est effectivement une décision politique, mais André Aubry-Lecomte ne me laisse pas le temps de lui poser la question.

– Aimez-vous la marche? me demande-t-il.

– Oui, lui dis-je, sans comprendre le sens de la question.

– Et vous marchez?

– Oui, ça m'arrive.

– Où marchez-vous?

– A Paris.

Où veut-il en venir? Il m'intrigue. Il ressemble d'ailleurs à un comédien dont je cherche désespérément le nom, tout en l'écoutant. Le visage, la voix, les intonations... Il parle comme lui. Et il revient à la charge.

– Vous marchez dans la ville?

– Oui, dans la ville. Je n'ai pas le choix.

– J'ai plus de chance.

– Parce que vous marchez aussi?

– Oui, beaucoup, me répond-il.

La courtoisie m'oblige à le suivre sur son terrain. Mais quel terrain? S'apprête-t-il à me parler de la mutation du secrétaire général de la préfecture sous forme de parabole ou d'apologue? Bon sang! comment s'appelle ce comédien? Il avait prêté sa voix à un drôle de personnage dans un dessin animé que la télévision diffusait autrefois chaque jour, avant le journal.

– Et vous, où marchez-vous?

– Dans la Brenne.

– La Brenne?

– Vous ne connaissez pas la Brenne?

– Non. Je n'ai quitté Châteauroux qu'à deux reprises, pour aller à Valençay et à Nohant.

– Je vous emmènerai. C'est une région superbe. Sauvage. Très sauvage. Il n'y a que des étangs, des bois et des oiseaux.

– Elle est habitée?

– Très peu, mais elle a une particularité : il y a là-bas une base de détection des sous-marins.

– La Marine en plein centre?

– Oui. C'est le Taverny de la Marine.

– Mais la mer est loin!

– On peut détecter des sous-marins sans être en pleine mer!

Claude Piéplu. Oui. C'est lui. Il ressemble à Claude Piéplu qui s'est fait connaître grâce aux « Shadoks », ce feuilleton surréaliste qui plaisait tant aux Français au temps de l'ORTF.

– Et c'est là-bas que vous marchez?

– Non, on n'a pas le droit.

– Même vous?

– Même moi. C'est une zone militaire truffée de mines. Non, je préfère me promener autour des étangs. C'est moins risqué. Bien que...

– Bien que?

– J'ai failli perdre la vie, bêtement!

– Un sanglier?

– Non, un homme. J'étais seul, ce jour-là, comme d'habitude, près de la Grande Fouilleuse, lorsque je l'ai rencontré. Il était en train de chasser. Je me suis avancé vers lui pour le saluer, mais il s'est mis alors à hurler en braquant son fusil : « Que faites-vous ici sur mes terres? » « Mais je ne suis pas sur vos terres, lui ai-je répondu. Je suis sur un chemin communal. »

– Vous vous étiez peut-être trompé?

– Pas du tout. Je ne pars jamais sans ma carte IGN au vingt-cinq millième et sans ma boussole. Je m'apprêtais d'ailleurs à lui montrer cette carte pour lui prouver ma bonne foi quand il m'a menacé à nouveau et sommé de décliner mon identité.

– C'est inouï! Ce quidam ne vous a tout de même pas contraint, vous le préfet, à montrer vos papiers d'identité?

– Si. Je ne pouvais pas faire autrement.

– Lui avez-vous dit que vous étiez le préfet?

– Je le lui ai dit, mais il ne voulait pas me croire.

– Il ne vous a pas reconnu?

– Il lui était difficile de me reconnaître. Je me promène toujours en short et sac à dos.

– Et vous n'aviez pas la possibilité d'entrer en liaison avec Châteauroux?

– Je dispose d'un Eurosignal qui permet à la préfecture de m'alerter en cas d'urgence, mais je ne peux tout de même pas marcher pendant trente kilomètres avec un téléphone portatif!

– Comment avez-vous réussi à repartir?

– Grâce à sa fille qui l'accompagnait. Elle l'a heureusement calmé, sinon le pire aurait pu se produire. Il était fou furieux et aurait pu me « tirer comme un lapin ».

– Votre mésaventure me fait penser au film *Délivrance* où des hommes de la ville se font attaquer en pleine forêt par d'autres hommes qui vivent pratiquement à l'état sauvage.

– Détrompez-vous! Ce n'était pas un « sauvage » mais un homme tout à fait civilisé, je veux dire un homme de notre civilisation.

– Vous l'avez identifié?

– Oui, grâce à la gendarmerie que j'ai appelée peu après.

– A-t-il été « puni »?

– C'est moi qui ai failli l'être.

– Elle est ubuesque, votre histoire!

– Non, elle est parisienne.

– Je ne comprends pas.

– Le « sauvage » en question est parisien. Il est directeur de banque. Il a un cousin qui est parisien lui aussi. Vous le connaissez sans doute. Il s'agit d'Étienne Dailly, le vice-président du Sénat. Eh! bien, Étienne Dailly m'a téléphoné le lendemain pour « m'engueuler » et pour me reprocher de m'être montré agressif à l'égard de son cousin! Il m'a même menacé, lui aussi, d'alerter le ministre de l'Intérieur, si je donnais une suite à cette affaire.

– Qu'avez-vous répondu?

– J'ai d'abord rétabli la vérité. Mais j'ai tenu à lui préciser que s'il y avait la moindre intervention de Paris, j'en parlerais aussitôt au procureur de la République. Il m'a entendu et m'a promis une lettre d'excuses de son cousin.

– Que vous avez reçue?

– Que j'ai reçue.

– Vous continuez de marcher en Brenne malgré cette mésaventure?

– Oh! oui. Je ne peux pas m'en empêcher.

– La Brenne est-elle si belle?

– Elle l'est. Mais je marche pour d'autres raisons. Pour « me vider ». Pour me détacher. C'est un besoin métaphysique.

– Vous détacher de quoi?

– Des mondanités.

– Elles vous pèsent à ce point?

– Oui. On ne doit jamais sortir de son rôle. Je peux être « en civil » comme ce soir, j'ai malgré tout l'impression de porter l'uniforme. Je joue le rôle qu'ils attendent de moi. Je parle s'il faut parler. J'ordonne s'il faut ordonner. Je danse s'il faut danser.

– Et vous dansez souvent?

– Oui, malheureusement. Le bal des officiers, le bal des sous-officiers, celui de la Légion d'honneur, de l'Ordre national du mérite... Impossible de les éviter.

– Vous allez donc devoir danser, ce soir encore!

Soupir du préfet qui voit le président Serpeau se lever et se diriger vers une autre salle pour « ouvrir » précisément le bal du dixième anniversaire du Lions Club. Mais Patrick Serpeau revient quelques secondes plus tard, désolé. Le bal n'aura pas lieu. Il est une heure du matin. Il est trop tard pour danser à Châteauroux. C'est une mesure qui date de la présence américaine dans la ville. Les GI's qui se ruaient vers les bars et les boîtes de la ville devaient obligatoirement rentrer dans leurs baraquements à une heure. La mesure n'a toujours pas été abrogée et personne n'a droit à une dérogation. Même pas le préfet. Mais le préfet est heureux ce soir de ne bénéficier d'aucun traitement de faveur. Il en profite pour s'engouffrer, comme tous les autres convives, dans sa voiture et pour regagner ses appartements de la préfecture qui domine, du haut des remparts de l'ancien château Raoul, toute la ville assoupie. Il s'endormira à son tour, en rêvant à la Brenne ou en pensant à sa retraite qui approche et qu'il voudrait passer dans un camping-car.

Comme l'Américain Donald qui se trouve dans le parc de Belle-Isle au même moment, de l'autre côté de l'Indre, rive droite, et qui a fui, lui, l'Amérique, pour s'installer à Châteauroux. A chacun son exotisme.

Je sais pourquoi je me suis souvenu de Pnom Penh en arrivant un soir d'automne dans ce chef-lieu du département de l'Indre. J'ai eu le sentiment indicible que la ville s'imposait un couvre-feu, comme la capitale du Cambodge au temps de la guerre. Les Khmers Rouges qui encerclaient Pnom Penh s'infiltraient souvent la nuit, dans la ville. Il était dangereux de sortir. Il n'y a pas de Khmers Rouges à Châteauroux. Mais ses habitants se comportent comme s'ils étaient encerclés. Ils se retranchent dans leurs maisons, la nuit tombée, et s'évadent comme ils peuvent. Quand ils peuvent. Quand ils ne sont plus en représentation, quand ils se débarrassent de leurs uniformes. Ils sortent alors du rôle que leur statut social les oblige à jouer. Le général Toulouse se plonge dans les romans de Balzac, le soir dans sa caserne, et incite ses troupes à en faire autant. Le Dr Cazala se réfugie à Nohant où il rêve de faire construire « sa » Pyramide, le Centre mondial du romantisme, qu'il dédierait à George Sand. Le préfet Aubry-Lecomte, lui, marche des heures dans la Brenne et tente de retrouver ce qu'on trouve de moins en moins dans la ville : la simplicité, l'authenticité.

Mais pourquoi parle-t-il de cette région avec autant de fascination et de crainte en même temps? Sa rencontre malheureuse avec le « Parisien fou furieux » n'explique pas, à elle seule, cette crainte qu'il exprime à demi-mot. D'autres Castelroussins, de souche ou d'adoption, m'en ont parlé sur le même ton. Le directeur des Renseignements généraux m'avait lui-même confié : « Je ne sais pas pourquoi, mais j'ai peur quand je me promène en Brenne. » Qui pourrait faire peur à ce grand gaillard aux moustaches tombantes? À cet Obélix brun, aussi massif que cultivé? Et quel aveu de la part de l'homme le mieux informé du département! « Je ne sais pas pourquoi » dit-il. Comment peut-il ne pas savoir?

Aurai-je plus de chance? J'ai en tout cas envie de savoir. Envie d'enfreindre ce couvre-feu qui étreint la ville et de rouler vers la Brenne. Ce n'est peut-être pas sage de le faire en pleine nuit. J'aurai sans doute peur à mon tour. Mais de quoi? Ou de qui?

Des lapins innombrables qui se figent à mon passage sur les bas-côtés de la départementale 925? Évidemment non. De la chouette immobile qui apparaît dans la lumière des phares? Non plus. Des buses qui passent et repassent au-dessus de la route, comme si elles m'accompagnaient dans cette balade pour nulle part? Peut-être. Mais ce n'est pas vraiment une peur. Tout juste un frisson.

Alors, de quoi aurais-je peur? Ou de qui?

Des cris. Aigus, stridents, incessants. Des cris d'oiseaux que je ne parviens pas à voir – la nuit est trop noire –, mais qu'on doit entendre j'en suis sûr à mille lieues à la ronde. Ils sont peut-être des centaines à voler au-dessus de l'étang de la Gabrière, l'un des mille étangs de la Brenne à trente kilomètres de Châteauroux. Ils ne chantent pas. Ils crient comme s'ils s'apprêtaient à lancer une attaque. Je n'ose pas sortir de la voiture. Je n'aurais jamais dû voir et revoir *Les Oiseaux,* de Hitchcock. Mais j'ai plus de chance que les personnages du film. Les oiseaux de la Brenne, sans doute des râles d'eau cachés dans les joncs, ne semblent pas vouloir attaquer l'homme. Ils en ont peur. Hurlent-ils pour masquer cette peur, pour se rassurer? L'homme est en effet venu violer leur territroire et a planté en pleine Brenne, au milieu des landes, d'immenses « tiges de feu » que je découvre à mon tour en tentant de suivre, au son de leurs cris, le vol de ces oiseaux de nuit. Des points rouges entre ciel et terre, entre ciel et eau. Le préfet disait vrai. Et ce n'était pas une histoire de Shadoks. Les antennes dont il me parlait, plus hautes que la Tour Eiffel, sont bien là, dans cette Amazonie du Centre. Si loin de la mer, si près des mers. Elles « dialoguent » avec les sous-marins nucléaires français qui se faufilent quelque part sous les eaux et « écoutent » les sous-marins nucléaires étrangers qui rôdent... Tout cela à partir de bases enfouies sous terre, là, sous mes pieds.

Je comprends maintenant la peur du préfet, du directeur des Renseignements généraux et des habitants. Je comprends parce que j'ai peur moi aussi. Une peur double : peur de la violence primitive de la nature et peur de la bêtise des hommes. De leur inconscience ou de leur folie.

Ils auraient pu vivre simplement, au milieu des oiseaux, des lapins et des chouettes. Ils ont préféré défier les dieux et inventé ce que les dieux eux-mêmes n'avaient pas prévu : la bombe atomique.

La nature était belle, l'homme l'a enlaidie. Il a posé des pylônes au milieu des roseaux. Les oiseaux étaient gais, l'homme les a effrayés. Ils se mettent à crier. Le silence était pur, l'homme l'a détraqué. Le silence fait bip-bip.

La Brenne était sauvage le jour de la création.

Elle l'est de moins en moins. Et l'homme de plus en plus.

11

Je ne sais pas si c'est l'effet du dîner des notables ou ma randonnée nocturne, mais le réveil est douloureux à l'Élysée Hôtel. Réveil gueule de bois.

Je sors de ma nuit comme on sortirait d'une salle de cinéma, hébété, sonné. Je n'ai pas vu le film que je croyais voir. J'étais entré par hasard, c'est vrai, mais tout de même, l'affiche était rassurante : une église, un clocher, une mairie, des cafés, des écoles, un manège... et le titre anodin : Châteauroux, ville moyenne, France tranquille. J'ai bien aperçu l'église et le clocher à l'entrée de la cité, mais je me suis retrouvé en Brenne, en pleine nuit, devant des panneaux jaunes à tête de mort. Je croyais lire le scénario du bonheur, j'ai eu droit au scénario de la terreur : « Attention, lignes électrifiées. Défense de pénétrer. Danger de mort. » Diable! Ce n'était pourtant pas un polar ou un western. Je n'avais pas envie de mourir. J'ai donc rebroussé chemin et regagné ma chambre trente-cinq, sous la rotonde, au petit matin. Le jour se levait. C'est beau le jour, même s'il est gris, quand on revient du bout du monde. Ça donne envie de reprendre ses habitudes, de mettre une veste et une cravate, de quitter la départementale pour la nationale et de rejoindre son milieu familier, celui que je côtoie depuis de si longues années. Je l'avais oublié depuis que j'étais à Châteauroux. Que devient-il? Que devient le monde politique? Je n'ai même pas posé la question aux Castelroussins. Et si je l'avais fait, ils auraient été bien en peine de me répondre. J'ai pourtant rencontré des dizaines et des dizaines de Français en plusieurs semaines, de toutes origines, de toutes conditions, de toutes convictions; aucun d'entre eux ne m'a parlé spontanément, pour s'en féliciter ou s'en offusquer, de la classe politique. Aucun. Boumediene le Marocain est si préoccupé par le racisme; Patrick, le fin de droit, est si angoissé par ses fins de mois; Éliane Chanaud, l'assistante sociale, est si accaparée par les problèmes de Patrick; Georges Robert, l'employé à l'ANPE, est si impatient de trouver du travail à ceux qui n'en ont pas; le Dr Moreau, le psychiatre, est si inquiet de l'état de ses patients... Ils sont tous si absorbés par leur vie, ou par celle des autres, qu'ils n'ont pas le temps de s'intéresser à la vie des hommes politiques. Et s'ils ont la chance d'avoir des loisirs ou de ne pas être démunis, alors ils chassent, comme Robert de la Rochefoucauld, organisent des concours de harpe à Gargilesse, la cité des artistes, comme le Dr Cazala, ou s'occupent, comme le kinésithérapeuthe Bénichou, de la Berrichonne, l'équipe locale de football.

Les hommes politiques les laissent complètement indifférents. Pauvres hommes politiques! Méritent-ils vraiment l'image que les Français ont d'eux? Sont-ils à ce point décalés, déphasés? Pourquoi oppose-t-on sans cesse la classe politique à la société civile? Ne ferait-elle pas partie elle aussi de la société réelle?

Il est vrai qu'elle ne manque pas une occasion de commettre des bourdes. Pourquoi, par exemple, joue-t-elle « à la guerre » quand la société vit en paix? Croit-elle que les Français soient dupes? Ils voient bien, ces Français à qui l'on demande de voter régulièrement, que les joutes électorales ne sont que de vastes et bruyantes batailles de polochons. Soyons justes, ils prennent quelquefois un grand plaisir à assister à ce carnaval mais à condition de ne pas recevoir un polochon sur le coin de la tête. Ils ne sont pas sots les électeurs. Ils n'ont pas envie de se retrouver à l'infirmerie quand les faux gladiateurs se rabibochent à la buvette.

– Au nom du président de la République, je vous remets, monsieur Guy Compin, les insignes de chevalier de l'Ordre national du mérite.

Guy Compin est l'un des dirigeants de l'Union patronale. L'homme qui accroche la médaille à son revers de veston, avant de l'embrasser, comme le veut la tradition, s'appelle Daniel Langrand. C'est un proche collaborateur d'André Laignel, député-maire d'Issoudun, secrétaire d'État à la Formation professionnelle dans le gouvernement de Michel Rocard et vieil adversaire politique d'André Bernardet, maire libéral-centriste de Châteauroux.

Une figure patronale décorée par un socialiste, au nom du président de la République, en présence du préfet, du gratin castelroussin et... d'André Bernardet! Voilà l'un des tableaux fréquents de la vie politique en province. Entre deux élections bien sûr. Entre deux empoignades où les uns et les autres jouent à se faire peur, à nous faire peur. N'ayons pas peur. Ils savent s'entendre quand il le faut. Les lignes Maginot qu'ils dressent à l'approche des scrutins disparaissent souvent comme par enchantement au lendemain du vote. J'ai beau chercher au cours de cette remise de décoration qui se déroule sur terrain neutre – une salle d'exposition surchauffée du parc de Belle-Isle –, j'ai beau chercher la ligne de clivage droite-gauche, je ne la trouve pas. Je slalome pourtant entre tous les élus locaux qui devisent si tranquillement, une coupe de champagne à la main, mais je ne parviens pas à tracer, avec mon compas parisien, une frontière idéologique entre ces maires, conseillers généraux et conseillers municipaux. Comment voulez-vous les classer quand vous apprenez, au détour d'une confidence, que Daniel Langrand était RPR avant de devenir socialiste, qu'André Bernardet était socialiste avant de passer à l'UDF, que le maire du Poinçonnet était UDF avant de fredonner la chansonnette de l'année 88, « l'ouverture »?

A bien les observer, à bien les écouter, je m'aperçois que leurs relations sont beaucoup plus subtiles qu'à Paris. Les liens qu'ils peuvent nouer hors du champ politique leur permettent de dépasser ce clivage droite-gauche qui lézarde si souvent la belle Assemblée nationale.

Pourquoi Daniel Langrand, socialiste, fait-il allusion, en latin, à la construction des cathédrales, en préambule à son discours? Parce qu'il est sans doute franc-maçon.

Pourquoi Guy Compin, responsable patronal, répondit-il en se faisant encore plus précis : « C'est au pied du mur qu'on reconnaît le maçon »? Parce qu'ils ont peut-être parlé et réfléchi ensemble sous d'autres colonnes que celles du Parlement.

– Comment s'est déroulé le dîner du Lions Club?

– Très bien, merci.

L'homme qui me pose cette question porte lui aussi un insigne à la boutonnière, plus discret que le nouvel insigne de Guy Compin.

– Nous serions très heureux de vous avoir parmi nous!

– Vous êtes membre du Rotary?

– Non. Du Kiwanis Club.

– C'est un club néo-zélandais?

– Non. Français.

– Kiwanis : ce n'est pas un mot français!

– Non. C'est un terme indien, d'Amérique du Nord.

– Il a une signification?

– Oui. Cela veut dire : « Connais toi toi-même. »

Belle formule! Socrate aurait-il été traduit en indien?

– Vous avez une activité?

– Oui. Nous réfléchissons.

– Vous agissez aussi?

– Cela nous arrive.

– Comme le Rotary ou le Lions Club?

– Le Kiwanis Club est moins huppé que le Rotary et surtout différent. Nous nous réunissons tous les deuxième et quatrième mardis du mois. Nous aimerions vous inviter.

– Chez Dumonet?

– Non. Nous nous retrouvons, nous, dans un appartement de la ZUP.

– Qui vous appartient?

– Que nous louons.

– Et vous avez une devise, vous aussi?

– Oui. *We built.* (Nous construisons).

Devise également estimable, mais encore en anglais.

Je n'avais vu, lors de mes premiers pas à Châteauroux, que l'imposante église Saint-André, place Voltaire. Mais les temples sont, me semble-t-il, plus nombreux que je ne pensais, bien qu'ils ne figurent pas sur les dépliants touristiques offerts par le syndicat d'initiative.

Et ce sont ces temples invisibles qui permettent à Châteauroux d'avoir des mœurs politiques pacifiques. Châteauroux, de ce point de vue, est en avance sur Paris. La paix civile n'est pas ici un mot, un slogan inventé en 1986 et galvaudé le temps d'une vraie-fausse cohabitation.

Elle existe depuis fort longtemps grâce à ces affinités intellectuelles et philosophiques, grâce à ces rencontres informelles ou rituelles, grâce à une tolérance et une volonté commune baptisée ici d'un mot souvent entendu, souvent chuchoté : la fraternité.

Mais cette fraternité pèche sur un point... capital. Les hommes ne la conçoivent, ne la « pratiquent » qu'au sens trop littéral du terme, trop réducteur. Ils « fraternisent » entre eux, entre hommes. Entre « frères ». Les « sœurs » sont souvent oubliées, pour ne pas dire exclues. Et elles en souffrent. Du moins celles qui restent sur le pas de la porte, qui n'osent pas entrer. Françoise Borne, elle, a osé. Et réussi à s'imposer. Non sans difficultés.

– C'est dur d'être une femme dans un monde d'hommes, dit-elle.

Mais elle le dit sans regret, avec au contraire dans la voix la fierté d'avoir brisé ce tabou, à Châteauroux.

Françoise Borne est P-DG d'une entreprise de confection : La SOVINCO (Société vineuilloise de confection). C'est à ce titre qu'elle a été invitée à cette cérémonie, qu'elle suit de son regard noir et malicieux. Elle les connaît si bien, tous ces notables qui ne sont à l'aise qu'entre eux, entre hommes; ils l'ont accueillie dans leur cénacle avec réticence d'abord, l'ont ensuite acceptée avec indulgence pour enfin la considérer avec déférence. Ils auraient eu sans doute un comportement différent si elle avait échoué dans sa tentative de redressement d'une entreprise en faillite; mais elle a réussi et sera peut-être un jour, à son tour, décorée, comme l'est ce soir Guy Compin. Le fait d'être une femme ne facilitera pas les choses, mais après tout, le Dr Ginette Albouze, une femme de caractère qui se trouve également dans la salle, ne doit-elle pas recevoir dans quelques jours des mains de Michel Aurillac, ancien ministre, les insignes de chevalier de l'Ordre national du mérite, à l'hôtel du Faisan, place de la Gare? Pourquoi Françoise Borne ne recevrait-elle pas la même distinction? Elle la mériterait. Son parcours de « combattante » en témoigne.

La conquête de la ville passe-t-elle par l'adhésion discrète à un club discret! Elle adhère au Lamboury Club, frère jumeau du Kiwanis Club. Ce qui fait, si je compte bien, quatre clubs de cette nature pour Châteauroux...

Le club pour se détendre organise-t-il des virées périodiques dans des vignobles de la région? Elle suit ses compagnons et « goûte » avec eux.

Les affaires se concluent-elles toujours en France, autour d'une bonne table! Elle fait du restaurant Pymm's son quartier général et supporte sans un mot les volutes des cigares.

Les femmes seules ou divorcées sont-elles condamnées à quémander un soutien ou une pension pour subvenir aux besoins de leurs enfants? Elle assume tout avec une grande dignité et tient à ce que l'un de ses fils, Olivier, s'impose à Paris comme elle à Châteauroux. Mais d'une autre façon. En passant par l'ENA. C'est, à ses yeux, indispensable aujourd'hui. Elle était arrivée, elle, sans diplôme, à Châteauroux, il y a quinze ans. Elle venait de Nevers. Henri Platte l'avait engagée dans son entreprise familiale, florissante à l'époque. Il avait trois ateliers. Les chemisiers étaient fabriqués à Chabris, les chemises d'hommes à Vineuil, les robes et les ensembles au Poinçonnet. Françoise Borne était alors fascinée comme pouvait l'être Camille Claudel, au siècle dernier, quand Rodin l'avait recrutée pour sculpter à ses côtés. Françoise Borne ressentait peut-être en touchant le tissu, en le dessinant, en le découpant, en admirant ses couleurs ce que Camille Claudel ressentait lorsqu'elle caressait le marbre, lorsqu'elle le travaillait ou lorsqu'elle découvrait, émue, l'effet de la lumière de l'aube sur l'esquisse d'un corps nu sculpté pendant la nuit.

Mais après l'enthousiasme et les succès des premières années, les difficultés ont surgi. Les échecs même. « Madame de Saint-Gil » ne plaisait pas. C'était une marque, une ligne créée par l'entreprise, mais elle n'accrochait pas. Pas de marchés, pas de clients. Endettements, embêtements. Dépôt de bilan. Vente de l'atelier de Chabris, vente de l'atelier de Vineuil. Restait le Poinçonnet.

Elle se souvient encore de ce printemps sinistre. Il faisait beau ce jour-là à Vineuil, mais dans les têtes et dans les cœurs, c'était un jour de deuil. Le syndic avait convoqué tout le personnel. Les ouvrières ne se faisaient guère d'illusions, mais en voyant entrer le mandataire Rodolphe Bénezri, chacune d'entre elles priait pour ne pas être « remerciée ».

– A compter de ce jour, les personnes dont les noms suivent sont licenciées.

Rodolphe Bénezri avait sorti une feuille de sa poche. C'était la liste. Elle comportait les noms de tous les employés. Le mandataire ne pouvait pas se tromper : seuls, les noms des personnes licenciées étaient dactylographiés en rouge.

– Chandon François : licencié. Desnove Christiane : licenciée.

François Chandon et Christiane Desnove n'avaient reçu aucune lettre auparavant. Le P-DG ne leur avait rien dit. Ils apprenaient ainsi leur licenciement, de la manière la plus brutale qui soit, dans cet atelier où ils avaient passé leur vie, dans cet atelier où les machines à coudre s'étaient tues tout à coup.

– Luneau Jeanne : licenciée. Péral Angèle : licenciée.

Le mandataire égrenait ainsi les noms des employés renvoyés, feignant de ne pas voir leurs larmes, dissimulant lui-même le malaise qu'il éprouvait. Il savait qu'il leur infligeait un suspense intolérable, inhumain. Les noms étaient inscrits par ordre alphabétique. Les « victimes » attendaient ainsi leur tour dans un silence étouffant. Qu'allait-il se passer à la lettre F ou à la lettre G pour ceux dont les noms commençaient par F ou G? La grâce ou le couperet? Le couperet pour la plupart d'entre eux. Sans appel.

– Vous êtes licenciés pour raisons économiques. Nous vous demandons de partir ce soir et de ne pas revenir demain.

Ils sont partis le soir même, en laissant derrière eux leurs machines à coudre et la blouse bleue qu'ils avaient portée pendant de si longues années.

Ils étaient trois cents dans les trois ateliers. Il ne restait plus que quatre-vingts personnes dans l'atelier du Poinçonnet. Quatre-vingts personnes en sursis.

Fallait-il tenter de les sauver? Henri Platte, accablé, préférait renoncer. Françoise Borne, orgueilleuse, voulait continuer. Le défi lui plaisait. Elle l'a donc relevé et s'est battue, débattue. A passé une annonce dans les journaux locaux : « Usine textile en difficulté, cherche repreneur. » Personne ne s'est présenté, personne n'a voulu reprendre. Mais elle s'est entêtée, a vu le banquier et l'a convaincu. Elle a obtenu un prêt pour acheter les machines, a résisté au syndic qui voulait lui imposer son expert-comptable et a prospecté à nouveau le marché. Un vrai calvaire pour elle et pour ses ouvrières. La survie était à ce prix. Ce prix a un nom dont on mesure peu les significations : on l'appelle la rigueur, et cela veut dire suppression des avantages acquis; suppression de la prime de vacances; une seule journée de congés si l'enfant est malade ou si un parent est décédé, une seule heure de repos, le jour de la Sainte-Catherine; une demi-heure à peine le jour de la fête des Mères.

Mais la rigueur n'a pas suffi. Il fallait consentir

d'autres sacrifices pour renaître vraiment. Elle a dû s'y résoudre la mort dans l'âme et cette fois, n'a plus imité Camille Claudel qui, pour exister, s'était opposée à son maître et ami, Auguste Rodin, avant de finir dans la démence, repliée, délaissée, oubliée. Françoise Borne a choisi, elle, de s'adapter. Elle ne pouvait pas lutter contre tous les Rodin de la couture, les Saint-Laurent, les Dior, les Chanel. Elle a préféré composer avec eux, a abandonné « Madame de Saint-Gil » dont elle garde un poster jauni dans son atelier du Poinçonnet et a proposé de façonner pour eux.

– Créez, leur a-t-elle dit et moi je produirai.

Décision sage et pénible à la fois. Cette humilité lui a coûté, mais elle lui a permis de sauver l'entreprise. Françoise Borne ne désespère pas. « Madame de Saint-Gil » ressuscitera peut-être un jour. Mais en attendant ce miracle, les quatre-vingt-deux ouvrières, ou plutôt les soixante-dix-huit ouvrières et les quatre ouvriers, produisent chaque jour cinq à six cents chemisiers et jupes de soie. Un véritable travail de fourmi qui commence par la réception d'un modèle, un simple dessin imaginé à Paris, et qui finit par la création d'un chemisier bouillonné noir ou d'un chemisier à basques rouges. Un travail à la chaîne ininterrompu, rythmé par le seul bourdonnement des machines.

Il fait encore nuit quand elles arrivent dans leur atelier aux murs préfabriqués et au toit de tôle ondulée. Il est sept heures quinze du matin. Elles ont à peine le temps de mettre une blouse bleue et de pointer pour bien montrer qu'elles ne sont pas en retard; je ne savais pas que ces « mouchards » existaient encore. Je ne savais pas qu'une sonnerie pouvait retentir dans l'usine comme à l'école, pour signifier aux couturières « qu'elles devaient être à leur poste de travail impérativement à sept heures vingt-huit », déclencher le moteur de leur machine à sept heures trente précisément et faire, sans un mot, les mêmes gestes que la veille pendant quatre heures et demie avant de les reprendre, après une heure de pause, pendant trois heures et demie.

Ce sont les hommes qui donnent le coup d'envoi. Jacques est le « traceur », le premier maillon de la chaîne. Il a sur sa grande table le modèle parisien. Il trace dans la soie les manches, le corps, le dos. Alex pendant ce temps découpe le col du chemisier. Il porte des gants de maille pour ne pas se blesser. Les feuilles de tissu sont ensuite « roulées ». Puis le col, les manches, les poches, le dos se séparent, le temps d'être repassés par une énorme presse à thermocoller. Seul le col s'arrête en cours de route pour être « retourné ».

Commence une autre phase. Les femmes prennent le relais. Et là règnent sans partage. Les hommes n'apparaissent plus. La ruche leur est fermée. Gisèle, la « mécanicienne », met en forme les poches. Marie-Jeanne, la « surjeteuse », s'occupe des manches, Pierrette, la « boutonnière », fait les ouvertures pour boutons, Jeanine, la « pose-boutons », pose les boutons, Catherine, la « piqueuse », fabrique les ourlets... Le chemisier se forme. Les « éplucheuses » le prennent, coupent les derniers fils, le passent aux « repasseuses », pour un dernier coup de fer. Et il se retrouve suspendu à un cintre, au milieu d'autres chemisiers, avant d'être envoyé le jour même chez ceux qui l'avaient dessiné.

Mince consolation pour ces Pénélope du chemisier : personne ne défait la nuit ce qu'elles tissent le jour, mais c'est toujours la même toile qu'elles tissent chaque jour. Seules les couleurs changent. Pénélope au moins savait ce qu'elle faisait. Elle attendait Ulysse et rêvait. Les chemisières du Bas-Berry n'attendent personne. Elles cousent parce qu'il faut coudre, elles cousent parce qu'il faut vivre. Elles repassent sans rêver. Elles piquent pour le rendement. Pierrette la boutonnière a battu un record : cinq mille boutons par jour. Elle sera bien payée : vingt-neuf francs et quarante-six centimes l'heure. A-t-elle fait le calcul? Six cent vingt-cinq boutons par heure à vingt-neuf francs et quarante-six centimes, cela fait moins de cinq centimes le bouton. A-t-elle fait l'autre calcul? Cent mille boutons par mois pour moins de cinq mille francs. Désespérant. Mais Pierrette ne se plaint pas. Elle est entrée dans la catégorie G. C'est le top à ce hit-parade du chemisier. Elle avait « démarré » au plancher, catégorie A : vingt-huit francs et soixante-seize centimes l'heure, cela correspond au SMIC. Elle atteint aujourd'hui le plafond. Elle n'ira pas plus haut.

« La » Pierrette du XXe siècle est-elle plus favorisée que celle Pierrette du XIXe siècle? Oui, si l'on tient compte de son environnement. Est-elle heureuse pour autant?

« La » Jeanine aujourd'hui est-elle plus libre que celle d'hier? Oui, si l'on tient compte des week-ends et des vacances dont elle bénéficie. Est-elle heureuse pour autant?

Est-on heureux quand on doit produire chaque jour pendant huit heures cinq mille boutons, quasiment sans interruption, en « débauchant » à midi – c'est le terme dans le Berry – pour revenir une heure plus tard?

Est-on heureux quand on se retrouve chaque jour depuis vingt-quatre ans devant une machine à boutons et qu'on s'apprête à passer vingt-quatre ans à nouveau devant une autre machine à boutons plus sophistiquée, comme on dit? Jeanine a quarante ans. Elle travaille, elle vit dans cette usine depuis l'âge de seize ans.

C'est triste d'avoir entre ses mains, tous les jours de sa vie, une belle étoffe de soie et au soir de sa vie, de ne rien avoir à soi.

12

– Votre enquête est terminée? Vous repartez pour Paris?

– Oui, j'ai fait le tour de la ville. Il est temps de rentrer.

J'ai honte de mentir à Mme Volatron. Je quitte l'Élysée Hôtel, mais je ne rentre pas. à Paris. Je n'ose pas le lui dire. Elle semble regretter mon départ. Elle s'était habituée à ma présence. Nous échangions si souvent, à l'heure du café, nos impressions et nos informations sur la ville. Je m'étais habitué à ses réactions, à ses commentaires définitifs qui ne souffraient aucune contradiction. Je me gardais d'ailleurs de la contredire. Elle est si heureuse, Mme Volatron. Et elle serait attristée d'apprendre que je la quitte pour aller chez Mme Moineau qui tient aussi un hôtel à la sortie de Châteauroux, sur la route de Châtellerault. Elle l'a baptisé le Manoir du Colombier. C'est une ancienne demeure qu'elle est en train de restaurer avec son mari. Elle veut lui donner un cachet que les autres hôtels n'ont pas. Elle a un atout : le cadre. Le Manoir du Colombier se trouve au bord de l'Indre, dans une petite vallée, à trois kilomètres à peine à vol d'oiseau du centre ville.

– Permettez-moi de vous faire un petit cadeau avant votre départ. Vous penserez ainsi à Châteauroux en prenant votre petit déjeuner. C'est un cadeau personnel. C'est de la confiture maison.

Un pot de confiture! J'avoue être sensible à cette attention. C'est bien la première fois que l'on m'offre un pot de confiture maison dans un hôtel. C'est peut-être aussi la première fois que Mme Volatron voit s'attarder un voyageur. On passe à Châteauroux, on ne s'arrête pas.

Je m'étais arrêté, parce que je pensais trouver ce qu'on ne trouve plus dans la grande ville : la sérénité. Je m'étais trompé. J'y ai cru pourtant, en observant, de l'Élysée Hôtel, la place de la République. Elle était si calme, le 1er novembre au soir. Elle l'est restée, le temps de mon séjour. Il m'est même arrivé d'apprécier le silence qui l'enveloppait chaque soir à partir de vingt heures. A l'heure où la télé montre un monde en guerre, un monde en crise, je voyais Châteauroux s'endormir en paix.

Ce n'est pas un vrai silence. C'est une chape que Châteauroux pose pudiquement sur son angoisse. Sur sa détresse quelquefois. Elle ne tient pas à la montrer, à l'étaler, à s'exhiber. Châteauroux a d'ailleurs été surprise par ma démarche. Elle ne comprenait pas qu'un étranger s'installe et veuille soulever cette chape. Elle avait envie de lui répondre : « Il n'y a rien à voir. » Mais il a vu, et entendu. Sans juger, sans condamner. Cela l'a rassurée. Alors, elle a parlé et s'est livrée comme quelqu'un qui s'était tu pendant de trop longues années, à qui l'on n'avait jamais rien demandé. Elle en souffrait, elle me l'a dit. Elle m'a tout dit. Elle me téléphonait même pour me donner rendez-vous quelque part, dans un bar. Mme Volatron n'en revenait pas. Elle n'avait jamais reçu autant d'appels de la ville pour un client.

– Que se passe-t-il? me disait-elle. Ils vous

appellent tous. Ils veulent vous voir, vous recevoir. Ils ont appris que vous étiez là, ils veulent vous parler. Voilà les messages. Ils ont tous laissé leurs coordonnées. Non, pas tous. Certains vous rappelleront. Ils ne se sont pas présentés.

Ils ne s'étaient pas présentés parce que Mme Volatron les connaissait. Ils ne tenaient pas à être reconnus. Ils voulaient bien se confier, mais à l'étranger seulement. Comme ils se confessaient autrefois dans le secret et l'obscurité d'une paroisse. Ils ne le font plus. Ils en ont perdu l'habitude. Mais, quand tout à coup, ils ont vu dans leur ville s'ériger un confessionnal au troisième étage de l'Élysée Hôtel, alors ils se sont précipités. Avec l'espoir d'être entendus. Avec l'intention de revenir. Ils avaient tant de choses à dire. Sur leur ville, sur leur vie, sur leurs états d'âme. J'ai tout noté sur mes cahiers d'écolier à spirales. Neuf cahiers noircis de confidences, d'aveux, d'observations. Neuf cahiers de doléances écrits en quelques semaines sous la rotonde à l'Élysée Hôtel juste en face de Mitterrand-Électricité.

Leurs confessions m'ont épuisé. J'ai réagi comme le psychiatre, le Dr Moreau. Leur angoisse m'a angoissé. J'ai éprouvé à mon tour le besoin de parler, mais à qui? J'ai failli entrer chez Mitterrand – l'électricien – pour lui raconter mon odyssée dans sa ville. Il ne sait peut-être pas ce qui se passe autour de lui, autour de l'Élysée Hôtel. Je lui aurais décrit, en termes précis, la détresse des exclus, mais aussi l'inquiétude des nantis. Et je lui aurais demandé d'en parler à son cousin, le Charentais, celui qui occupe, pour longtemps encore, une grande chambre sans numéro de l'Élysée Palais. C'est vraiment son cousin. Leurs grands-pères étaient frères. Le nom « Mitterrand » est d'ailleurs un nom berrichon. Il a une signification qui plaît au Charentais, il l'évoque souvent. Le « Mitterrand » était jadis un « mesureur de grains » qui travaillait dans les foires. Mais on lui donne ici, dans le Berry, une autre définition : le « Mitterrand » est un homme qui appartient aux « classes moyennes » ou « au monde de la terre ». Peu importe finalement.

Ne chicanons pas sur les origines du nom. Quelles qu'elles soient, elles devraient inciter le Charentais-Berrichon, devenu parisien, à écouter attentivement le témoignage de son cousin toujours berrichon. Il pourrait ainsi « mesurer » le vague à l'âme des classes moyennes d'une ville moyenne de la France moyenne. C'est ce qu'il avait fait en 1988, peu avant l'élection présidentielle. Il l'avait si bien mesuré qu'il avait su trouver les mots pour le dissiper. Il avait même pris la peine d'envoyer une lettre à tous les Français. Ce geste leur avait plu. Ils baignaient alors dans une douce euphorie. Ce n'était pas un microclimat. Toute la France avait l'humeur printanière. Elle aimait bien son Prince. Elle lui a demandé de rester là où il voulait rester : à l'Élysée Palais. Châteauroux s'était distinguée. Elle avait exprimé son souhait encore plus franchement que la plupart des autres villes; elle l'avait préféré très largement à son adversaire parisien-corrézien. Elle devrait donc être heureuse aujourd'hui. Elle ne l'est pas. Elle a l'humeur bougonne. Elle a l'humeur boudeuse. Et elle l'a fait savoir en novembre de la même année. Elle est restée chez elle le jour du référendum sur la Nouvelle-Calédonie. Elle plaide pourtant toujours pour la paix. Pourquoi s'est-elle abstenue ce jour-là? Pour exprimer cette fois sa morosité. Pour faire entendre sa complainte que Paris n'entend pas. « La Corrèze plutôt que le Zambèze » disait autrefois Raymond Cartier. « Le Berry avant la Nouvelle-Calédonie » semble dire le Berry aujourd'hui, même si la paix reste fragile sur le caillou là-bas. Faut-il le regretter? Peut-être, mais c'est ainsi. Ils pensent d'abord à eux, parce qu'ils sont malheureux, c'est du moins ce qu'ils disent. La terre est plate et douce pourtant. Il n'y a pas de volcan, ici, dans le Berry. Il n'y a même pas de cailloux. Et jamais d'affrontements. Ils le proclament souvent. Ils l'écrivent sur les routes. Je l'ai lu, c'était tendre : « L'Indre en Berry, Pays des Harmonies » annonçait la pancarte sur la nationale 20 avec, en toile de fond, un superbe émouchet, l'oiseau de la région. J'ai cherché l'harmonie. Mais elle s'est envolée, comme le bel oiseau. Chassée par les fléaux, qui viennent de la grande ville et qui soufflent comme le vent, comme de mauvais vents. On ne voit jamais le vent, mais s'il passe on l'entend. Et après son passage on voit bien les dégâts. Il n'y a pas que le mistral, ou bien la tramontane. Il y a aussi la drogue, la violence, le racisme. Il y a la pauvreté, le chômage, l'alcoolisme. Il y a la solitude, le silence, l'indifférence. Et il y a le sida.

Ces vents ne soufflent pas fort, Dieu merci, pas encore! Mais la ville moyenne se croyait à l'abri. Elle narguait Paris et raillait la Canebière. Elle vivait insouciante sur sa petite planète. Et elle pensait, candide, que ces vents de la peur n'aimaient que les boulevards. Il n'y a pas de boulevards, ici, à Châteauroux. Mais le vent est sournois. Il peut aller partout, s'il veut aller partout. Il peut tourner le soir autour de Châteauroux, avant de s'engouffrer dans les rues de la ville et miauler toute la nuit le long des maisons grises.

Devrais-je aller plus loin pour trouver ce que je cherche? Devrais-je plonger dans des eaux plus profondes pour surprendre le bonheur? Ce satané bonheur! C'est lassant de jouer à cache-cache avec lui. Où s'est-il niché si tant est qu'il existe? J'en arrive à douter. A-t-il peur de la ville? Il a peut-être fui.

J'ai quitté l'Élysée pour le retrouver, pour tenter de savoir où il est désormais. Préfère-t-il la campagne? Je me pose la question du haut de mon Manoir. La frontière passe ici. La ville se dresse au nord, les champs s'étendent au sud. L'Indre les sépare. Sa rive droite est toute grise, gris béton. Sa rive gauche est toute verte, vert prairie. Parfois les deux couleurs se mêlent. Quand la brume se pose tôt le matin, l'hiver, on ne voit plus grand-chose. Les chênes et les érables disparaissent sous un voile, les oiseaux sur les branches ne bougent plus, ils ont froid, et l'Indre immobile se tait et semble attendre que le printemps revienne pour reprendre son cours.

A-t-elle vu passer le fantôme du bonheur? Je lui pose la question, mais elle ne répond pas. L'Indre ne parle jamais.

Il l'a peut-être franchie et a poursuivi sa route vers la France, couleur verte, derrière les peupliers. Le vent doit bien souffler mais il n'entre sûrement pas dans ces maisons, là-bas. Elles se protègent si bien. Elles sont basses, sans étages et se collent à la terre. Elles font corps avec elle. Les fermes berrichonnes ne défient pas le ciel. Elles s'étirent en longueur, elles n'aiment pas la hauteur. Elles auraient le vertige. La ville doit leur faire peur avec sa nouvelle ZUP et ses tours de béton, hautes de quinze étages. Et que font ses habitants le soir sans feux dans les cheminées, sans châtaignes à griller? Il y a des marronniers dans les rues de la ville. Pourquoi n'y a-t-il jamais de marrons?

Il est peut-être là-bas avec les paysans. Les Popineau, sans doute, du côté de Culan. Ce ne serait pas étonnant, ils vivent si tranquillement. Georges et Marie-Agnès ont tous deux quarante ans. Ils ont deux enfants. Baptiste a sept ans et Constance, quatre ans. Marie-Agnès a suivi des études de médecine; elle aurait pu être médecin, mais elle aime tant la terre.

C'est héréditaire. Ses parents étaient paysans, ses grands-parents aussi. Tout comme les Popineau. Le Berry, c'est leur monde. Ils n'en ont pas connu d'autre. Ils sont paysans depuis cinq cents ans. Ils sont heureux de l'être, malgré tous les tracas. Ils se posent moins de questions que leurs cousins des villes. Ils n'éprouvent pas dans les champs d'angoisse métaphysique. Ils n'en ont pas le temps, même s'ils ont du temps.

– Ma seule angoisse, dit-il, c'est le temps qu'il va faire. C'est la couleur du ciel. S'il pleut trop souvent, c'est une catastrophe. S'il ne pleut pas du tout, c'est une catastrophe.

Sinon, il est serein sur la terre qu'il cultive et qui le fait vivre. Elle lui donne du blé, du colza ou du tournesol. Les premières couleurs n'apparaissent qu'au printemps. Elle est bien sombre avant, en automne, en hiver. Elle semble revêche et fait fuir l'homme des villes, qui ne trouve même pas d'arbres pour s'abriter de la pluie. Les ormes sont si rares et si squelettiques. Mais Georges Popineau, lui, ne le remarque pas. Il travaille la terre; il n'a pas d'états d'âme. Quand il n'a rien à faire, il va avec ses enfants pêcher le brochet dans une mare creusée par le grand-père, près des peupliers nus. Il reste ainsi des heures avec son fils Baptiste, sous l'œil émerveillé de Constance, sa fille, et de Clémentine, sa nièce. Elle vient de Paris. Elle aimerait aussi pêcher le brochet. Mais elle ne sait pas : il n'y a pas de mare dans une ville comme Paris.

13

Serait-on plus heureux dans la France plus profonde encore? Le bonheur aurait-il décidé d'hiberner dans un de ces petits villages qui sommeillent sous la brume? J'ai envie de franchir à mon tour la rivière et de m'enfoncer dans cette France si discrète. Traverser la forêt de Châteauroux, passer par le carrefour des Druides, puis le carrefour des Trois Fourneaux, atteindre, sous les chênes et les hêtres, la vallée de la Bouzanne, reprendre la départementale 990 et m'arrêter, me « poser » à Neuvy-Saint-Sépulchre.

Il y a, dans cette commune de France, une modeste maison qui compte plus de livres que le village ne compte d'habitants. C'est l'univers d'Aymar Boulade-Périgois, avocat de métier. Visage de boxeur, mais voix douce et mots de poète. Un sage qui vit épanoui au milieu de ses quatre mille livres et des mille huit cent quarante et un Noviciens, ses concitoyens. Il a été leur maire pendant vingt-trois ans. Il a passé le relais, il n'est plus très jeune, mais il est encore monsieur le maire dans le cœur des habitants. Il est aussi le président d'honneur des « Gâs du Berry », des Gâs et des « Gâtes », les femmes y sont admises. Cette association veut être la mémoire du

Berry. Elle lutte contre l'oubli en organisant des veillées le samedi soir, dans les villages de la Vallée Noire si chère à George Sand. Elle réunit toutes les générations et raconte aux plus jeunes, avec un brin de nostalgie, la vie, autrefois.

– Nous nous retrouvons, comme nous nous retrouvions hier, avant-hier, dit-il rêveur, autour d'un feu de cheminée ou d'une lampe à pétrole. Nous tentons de recréer le climat que nous aimions. Il y avait de la magie. La lampe à pétrole n'éclairait pas toute la pièce. Il y avait autour de nous des zones d'ombre. Nous avions même peur. Comment voulez-vous retrouver aujourd'hui la même lumière, la même chaleur. On ne se réunit pas autour d'un radiateur.

Quand il fait froid, ils ne vont pas très loin. Ils se voient à Neuvy, au Club de l'Amitié, tenu par trois piliers : Solange, Germaine et Marie-Louise. Solange, c'est l'aînée. Elles sont nées toutes les trois au début de ce siècle, ont grandi avec lui, mais ne sont pas « bourdies », c'est-à-dire fatiguées. C'est un mot berrichon qu'elles employaient souvent au temps où le Berry n'était pas « envahi » par les soldats yankees. Et qu'elles emploient encore pour surprendre l'étranger.

– « Assitez-vous », plaisantent-elles. On travaille en ce moment, mais vous ne nous « détempcez » pas.

Et elles m'expliquent aussitôt que je peux m'asseoir. Je ne les dérange pas.

– Que faites-vous comme travail?

– Nous faisons des recherches sur notre région. Nous la découvrons grâce à monsieur le maire qui nous a remis quelques vieux parchemins.

– Et que découvrez-vous?

– Nous remarquons qu'il y a des métiers qui résistent au temps et d'autres pas. Il y avait sept procureurs et sept avoués à Neuvy en 1788, un an avant la Révolution. Il y en a toujours. Il y avait aussi des

« taillandiers » qui fabriquaient des outils pour les paysans et des « blatiers » qui leur vendaient du blé. Mais on ne les voit plus.

– Moi-même, poursuit Germaine, je n'ai pas été remplacée. J'étais la « bourrelière » du village. Je réparais avec mon mari Fernand des selles, des harnais, des sacs. On ne le fait plus à Neuvy.

– Ne croyez pas, insiste Solange, que nous détestons l'époque actuelle. Au contraire. On se souvient des années quarante et des années cinquante, elles n'étaient pas faciles. Et puis, il faut bien s'adapter.

Comment peut-on s'adapter quand on doit basculer brutalement d'une époque à une autre? quand on subit sans broncher les « progrès » décrétés? quand les sas disparaissent?

– Ma grand-mère est née en 1850, rappelle Aymar Boulade-Périgois. Elle est morte en 1950. Elle est passée du chassepot à la bombe atomique.

En un siècle sa grand-mère a changé de planète sans quitter le Berry. S'en est-elle rendu compte? Le petit-fils, oui. Il redoute qu'un jour, un Führer en délire confonde la bombe avec un chassepot. Il n'y aurait plus de Berry. Il admet bien sûr la nécessité d'assurer la défense du pays, mais il craint les conséquences de toutes nos « trouvailles techniques ». Il tente de les prévenir, en luttant avec succès contre le déversement des déchets radioactifs dans sa région ou en aidant les écologistes à s'opposer à l'invasion de produits chimiques dans leurs vergers.

Ils ont ainsi créé la Société pomologique du Berry. Leur obsession : sauver les fruits locaux en voie de disparition. Ils ne le font pas forcément pour des raisons commerciales. Jacques Aubourg, qui fait partie de l'association, n'est pas paysan, mais enseignant. Il a quarante ans et habite Tranzeault, un hameau de trois cent vingt habitants. Ils étaient trois cent seize avant son retour. Jacques Aubourg, né à Tranzeault, est en effet « revenu au pays » avec sa femme et ses deux enfants. Il avait quitté le canton, il y a douze ans, pour suivre ses études. Mais il était malheureux dans la grande ville. Pour lui, Poitiers, c'est une grande ville.

– On vivait ensemble, on ne se disait même pas « bonjour ». Cela peut paraître idiot, mais un simple bonjour, c'est si important.

Ici, à Tranzeault, tout le monde lui dit bonjour. Jacques Aubourg enseigne les sciences économiques à Angers. Il groupe ses cours sur deux jours et le reste du temps, s'occupe de la Société pomologique du Berry. Il en parle avec une telle fierté et une telle passion qu'il donne envie de croquer, jusqu'à l'indigestion, la « poire cuisse-dame » immangeable crue, mais savoureuse cuite et nappée de crème fraîche. La « poire-monsieur » est, elle, différente, plus verte, mais délicieuse, cuite au vin. Quant à la « pomme belle-fille », pas d'hésitation. Vous pouvez la cueillir et la déguster aussitôt. Sa robe est si colorée et sa chair si tendre.

Pourquoi ne l'ai-je pas fait chez Lucien Raveau et Paul Denoyers qui produisent en famille toutes ces pommes nature? Ils sont apiculteurs et, pour se reposer des piqûres d'abeilles, font renaître des pommiers dans leur propre jardin, sans jamais les traiter. Ils préparent aussi la « grande foire biologique » où seront exposés du pain et des gâteaux, du champagne et du vin fabriqués à l'ancienne, avant que n'apparaissent engrais et produits chimiques. En attendant, Lucien m'offre son hydromel, « la Boisson des Dieux », tout en citant Caton l'Ancien qui « dénonçait le luxe ».

Ils vivent, eux, simplement, dans une belle demeure, un ancien restaurant où les notables venaient discrètement avec leurs maîtresses. Ce gîte avait un nom : le Panier Fleuri. L'enseigne est effacée, mais on s'en souvient encore, grâce aux pommes belles-filles.

Aurais-je trouvé enfin le pays du lait et du miel, à quelques kilomètres à peine de Châteauroux-la-ville? La sagesse de monsieur le maire, la gaieté de Solange, Germaine et Marie-Louise, la sérénité de Jacques l'enseignant et la douceur de Lucien l'apiculteur m'incitent à le croire. Il règne dans ce village un étrange climat, un microclimat qui semble le protéger d'une certaine pollution. Les Noviciens vivraient-ils hors du temps, à l'ombre de leur église, la « plus grande des maisons »? Ils n'y vont pourtant pas souvent, le curé me l'a dit; le confessionnal est une pièce de musée. Ceux que j'ai rencontrés m'ont paru très laïques, mais j'ai cru voir dans leurs gestes, dans leurs mots et dans leur humanisme quelque chose de mystique. L'esprit de Jérusalem souffle peut-être sur Neuvy! Pourquoi Jérusalem? Parce que l'église, vieille de mille ans, est la réplique du Saint Sépulcre à Jérusalem. Des pèlerins, à l'époque, l'avaient voulu ainsi. Et le bourg s'est blotti contre la rotonde. Faut-il, pour vivre heureux, aujourd'hui, vivre « cloîtré », loin du bruit et des foules?

– Oui, répondent en chœur Jérémie, Bérénice, Jean-Michel, Marjorie, Sébastien, Hugo, Laetitia, Sandrine et Ludovic.

Ils ont dix ans. Ils sont heureux de vivre à Neuvy. Leur « oui » est si spontané qu'il ne laisse aucun doute. Jérémie, Bérénice, Marjorie et les autres sont au cours moyen deuxième année. Ils s'apprêtent à passer en sixième, dans « la grande école », mais pour rien au monde ils n'iraient dans la « grande ville », c'est-à-dire Châteauroux. La joie qu'ils expriment sans retenue devant leur instituteur en blouse bleue me rassure et m'inquiète à la fois. Elle me rassure parce que, enfin, je ne perçois pas cette lassitude que j'ai lue si souvent dans le regard des adultes. Elle m'inquiète parce que j'appréhende le moment où, plus grands, ils découvriront la violence d'un monde qu'ils ne connaissent pas à Neuvy, et dont on ne leur parle pas pour ne pas les perturber. Autant en avoir le cœur net!

– Savez-vous ce qui ce passe autour de vous?

– Oui, bien sûr.

– Comment le savez-vous?

– Par la télé.

– A quelle heure la regardez-vous?

– A vingt heures, en semaine.

– Parce que vous suivez le journal télévisé?

– Évidemment.

– Et que retenez-vous du journal?

– Les accidents... la drogue..., lancent-ils dans une grande confusion.

– Pas tous en même temps! Jérémie, qu'est-ce qui t'impressionne le plus?

– Les enlèvements et les assassinats de petites filles.

– Laetitia?

– La maladie.

Tous les doigts se lèvent. Les enfants n'hésitent pas un instant. Ils sont si pressés de parler que leurs réponses se chevauchent. Mais elles sont toutes de la même « couleur ».

– Ce qui est grave, dit Marjorie, c'est quand les parents martyrisent leurs enfants.

– C'est encore plus grave quand ils les tuent, renchérit Carole.

– Moi, je retiens surtout le trafic de drogue, proteste Alexis.

– Et moi, je pense à ceux qui boivent de trop et qui meurent, se lamente Jean-Michel.

– Il y a aussi ceux qui boivent de trop et qui tuent les autres, rectifie Ludovic.

L'instituteur, qui m'a autorisé à réaliser ce sondage, et Me Boulade-Périgois, qui est présent, sont abasourdis. Autant que moi. Ils croyaient connaître « leurs » enfants. Ils pensaient avoir réussi à les protéger contre la violence ambiante, celle qui n'entre pas à Neuvy-Saint-Sépulchre. Ils pensaient que l'église construite à l'origine comme une forteresse, avec tours, fossés et murailles, allait leur permettre de résister pour l'éternité au Mal. Ils se sont trompés. Comme s'étaient trompés leurs prédécesseurs. C'était en 1523. Ils avaient transformé leur église en château fort pour repousser les brigands qui sillonnaient la région. Ils avaient même soutenu un siège contre eux. Mais ils avaient dû céder. Les bandits étaient parvenus à entrer dans la place pour tuer, blesser, voler et brûler.

Cinq siècles plus tard, le scénario se répète, moins sanglant, Dieu merci, mais rampant. La violence est bel et bien là même si on ne la voit pas. Elle est entrée discrètement, sans peine, dans les maisons. Les portes et les fenêtres étaient pourtant fermées. Mais les satellites et les antennes se moquent des verrous. Plus rien ne leur résiste, pas même le saint sépulcre.

Les enfants de Neuvy vivent au rythme de la grand-messe, pas celle du curé, mais celle de la télé. Quand ils s'endorment le soir, dans leur petit village, ils ont dans la tête les dernières images du monde. Elles montrent toutes la crise, les conflits et la guerre. La violence des hommes hante donc toutes leurs nuits. Ont-ils envie le jour d'imiter leurs aînés?

– Non!

Ils condamnent tous la guerre, la drogue et l'alcool. Et réprouvent le racisme, à une seule exception. Un petit garçon se dresse au moment où j'aborde la question.

– Les Arabes, dit-il, ils n'ont qu'à retourner dans leur pays.

L'instituteur est gêné. Je le sens bien. Il ne souhaite pas que je poursuive la conversation. Mais je feins de ne pas le voir.

– Ils t'ont fait du mal, les Arabes?
– Non.
– Il n'y en a même pas à Neuvy!
– Si.
– Ils sont nombreux?
– Non.
– Tu ne les vois jamais?
– Si.
– Et ceux que tu vois t'agressent?
– Non.
– Il arrive qu'ils soient gentils avec toi?
– Oui.
– Tu joues quelquefois avec eux?
– Oui, souvent.
– Avec qui par exemple?
– Avec Medhi.
– Où jouez-vous?
– Ici, dans la cour de l'école.
– Il est dans une autre classe?
– Non. Il est ici.

Silence dans la classe. Je comprends pourquoi l'instituteur était embarrassé. J'ai commis une gaffe désastreuse. Je ne savais pas qu'il y avait dans cette classe de CM2 un enfant d'immigré. Medhi n'avait rien dit. Il était pourtant au premier rang. Ce qu'il vient d'entendre le blesse profondément, je le vois dans ses yeux, mais il se garde de réagir. Il sait confusément que son petit camarade ne fait que répéter des phrases toutes faites, des phrases toutes bêtes prononcées par les grands. Et ne veut retenir que la dernière réponse à ma dernière question.

– Souhaites-tu que Medhi retourne dans son pays?
– Non, dit-il sans hésiter.
– Et toi, Medhi, quel est ton pays?

– C'est ici, c'est Neuvy, mon pays.

Il le dit timidement. Il a peur de choquer. Mais les autres enfants ne semblent pas surpris. Ils le lui font savoir avec un grand sourire et laissent Bérénice parler en leur nom.

– C'est pas beau le racisme. C'est pas beau de ne pas aimer les autres parce qu'ils sont différents. J'en connais un. On le voit souvent dans le Bébête Show. Il a les dents du diable.

Rires dans la classe. Les enfants ont compris. Ils trouvent ce diable grotesque. Il n'est pas de leur monde. Medhi est rassuré. Aux yeux de ses camarades, l'« étranger » n'est pas celui qu'on croit.

Leur réaction quasi unanime montre à quel point ils sont sensibles, et c'est réconfortant, au regard de ceux qui sont ou se sentent exclus. Ils sont ainsi très attentifs au racisme, mais aussi à la misère. On peut être exclu sans être différent; on peut être délaissé tout en étant français. Et ce sont des enfants qui le font remarquer.

Stéphane Joyeux est à peine plus âgé que Bérénice et Medhi. Il est en cinquième D à Neuvy. Il devait récemment écrire une rédaction sur le sujet suivant : « Vous connaissez un personnage que l'on désigne comme un original. Faites son portrait et décrivez les aspects de sa vie qui le singularisent. » Récit du petit Stéphane. Je n'en change pas un mot :

« Une petite maison située dans la campagne de Neuvy, cachée par les broussailles enchevêtrées, des barrières délabrées attendent la mort. Un gros chien noir maigre surveille l'étranger qui pourrait s'introduire dans ce labyrinthe. Grand, fort, légèrement voûté, les jambes arquées, vêtu de guenilles enfilées les unes sur les autres, coiffé d'un béret troué blanchi par les années, voilà les principaux traits de cet homme que je qualifierai d'original.

« Un vrai capharnaüm!

« La cuisine et la chambre à coucher sont installées dans l'unique pièce de la maison où règne une odeur malsaine et nauséabonde. Sur le carrelage encrassé, le blé empoisonné attend ses victimes. Les murs peints par la fumée assombrissent encore plus le décor. Dans un coin, le lit est composé d'un tas de couvertures posées pêle-mêle et d'un édredon d'où s'échappe le duvet qui s'est répandu sur les vêtements et les cheveux de l'individu.

« Et la table? Du jamais vu!

« Garnie de journaux de plusieurs années, de verres, d'assiettes sales, pain, confiture, chocolat, médicaments, boissons et pour compléter le tableau les poules juchées sur celle-ci font le ménage. Ce personnage possède un tracteur, cet hiver l'homme avait mis son pardessus sur le devant de l'engin.

« Est-il heureux?

« Peut-être! Puisqu'il a choisi cette vie-là. En tout cas je le trouve très bizarre... »

Ton professeur t'a bien noté, Stéphane : douze sur vingt. Je ne me permettrais pas de juger à sa place, mais j'aurais été encore plus généreux. Parce que tu l'as été, toi, avec cet homme, avec la vie. Je n'aurais pas tenu compte des fautes d'orthographe ou des incorrections. Mais je ne suis pas sûr, Stéphane, que cet homme soit heureux. Je ne suis pas sûr qu'il ait « choisi cette vie ». On la subit, souvent, sa vie. On ne la choisit pas. Si tu étais journaliste, tu éprouverais sans doute le besoin d'aller le voir et tu lui demanderais s'il est heureux de vivre ainsi. J'ai moi-même posé la question à une femme qui vit aussi près de Neuvy, comme le personnage de ton récit. Sa réponse ne m'a pas surpris, tu sais. Elle est très malheureuse. Elle s'appelle Reine. Elle n'a choisi ni son prénom ni son destin. Elle aurait volontiers échangé son prénom si éclatant contre un autre destin plus brillant. Personne ne le lui a proposé.

Reine vit seule avec sa mère Maria. Elle ne sait plus dans quel siècle elle vit; s'il s'agit du XXe siècle ou bien du XIXe. Sa mère est née il y a cent ans. Cent ans après la Révolution. Elle a fêté son anniversaire le 22 janvier 1989. Fêté : le mot n'est pas très juste. Elle a eu cent ans ce jour-là. Elle l'a passé prostrée devant l'immense cheminée, un ancien four à pain. Sa fille Reine aurait voulu lui offrir tout ce que la République peut offrir : la Liberté, l'Égalité et la Fraternité. Elle n'a pas pu lui faire ce cadeau. Il était trop cher pour elle. Inaccessible. Elle pense qu'il n'existe peut-être pas. Elle ne l'a jamais vu.

Elle a cru pourtant apercevoir la Liberté. Mais c'était un mirage. Il a disparu au moment même où elle s'est approchée. Elle avait dix-huit ans. C'était en 1941. La guerre lui avait pris son père et lui avait posé, cruellement, un dilemme : la liberté ou sa mère. Elle a choisi sa mère et a renoncé à courir après l'autre chimère. Elle en rêve quelquefois, mais elle en rêve seulement. A cinquante-six ans, Reine la paysanne n'est toujours pas libre. Elle se lève à six heures, trait d'abord ses trois vaches, nourrit ensuite les poules, réveille sa vieille mère, va faire quelques courses, vend ses œufs aux cousins et revient s'occuper de ses vingt-six moutons. Elle pourrait « s'évader » à vingt heures en regardant la télé. Elle n'a pas la télé.

Elle a alors cherché l'Égalité. Mais on lui a ri au nez.

– Comment peut-on prétendre à l'Égalité quand on ne gagne pas plus de vingt mille francs par an? a-t-elle cru entendre.

Adieu l'Égalité!

Et la Fraternité? Cela ne coûte rien. Il suffit d'un seul geste. Elle s'est tournée vers son voisin. Mais il y avait une pancarte : « Attention. Chiens méchants ». Et ils l'ont été. Avec ses brebis. Ils en ont tué huit.

Reine lui a demandé de la dédommager. Il a ricané tout en caressant ses chiens.

Elle a si peur de lui qu'elle quitte rarement sa ferme. Elle en sort le soir pour aller dans sa chambre. Même en plein hiver. Elle ne peut pas faire autrement. Un mur sépare les deux pièces, la « pièce à dormir » et la grande salle qui sert, comme dans les vieilles fermes, de cuisine, de salle à manger et de salon. Ce mur est très épais. Il faudrait le percer. Elle y a pensé. Mais le devis est lourd : sept mille francs pour une porte. Elle ne les a pas.

1889-1989. Triste anniversaire pour Maria. Traverser tout un siècle pour en arriver là!

Elle a pourtant connu une période plus faste. Elle a connu Neuvy au temps de sa splendeur. Il y avait une gare au centre de la commune et plusieurs restaurants sur la place de la Gare. Il y avait une foire, pas loin de la Chemiserie, un très grand bâtiment, juste en face de la gare. Mais tout a disparu dans les années soixante. Elle a vu les restaurants fermer peu à peu. La Chemiserie n'est plus qu'une usine fantôme. La ligne de chemin de fer ne passe plus par Neuvy et il n'y a plus de foire. Mais il y a toujours la gare. La dernière image qui reste à Maria de la gare est celle d'une voie ferrée recouverte d'herbes folles et d'une petite bâtisse laissée à l'abandon.

Ni Reine ni Maria ne savent qu'une autre femme lutte contre cette fatalité. Paulette Rubio tente de faire revivre la gare de Neuvy. La mairie a béni sa belle initiative. La gare « chante » à nouveau et a repris des couleurs. Les couleurs des tissus et les chants des piqueuses brodeuses. Paulette Rubio a créé un atelier de confection sans toucher aux murs. Elle-même s'est installée dans la salle d'attente première et deuxième classe, ses quatorze employées travaillent dans la salle d'attente troisième classe, c'est la plus grande pièce; quant aux chemisiers, ils sont entreposés dans l'ancien local du chef de station.

Paulette Rubio n'a pas voulu enlever les plaques de la SNCF. Il y a toujours sur la façade, en lettres bleues, première, deuxième et troisième classe et en lettres rouges le nom de la station : Neuvy-Saint-Sépulchre. Sait-on jamais! Le train sifflera peut-être à nouveau à Neuvy.

Pendant 8 jours [illegible] cachées les plaques de la SNCF : il y a toujours, sur le tableau, ces lettres blanches premier, deuxième et troisième [illegible] et en lettres rouges le nom de la station : Neuilly-Saint-Sépulcre. Sait-on jamais ! Le train [illegible] à nouveau à Neuilly.

14

J'aurais volontiers pris ce train, s'il existait encore, pour poursuivre ma route. Pour passer de Paris-la-gigantesque au plus petit hameau. Pour m'enfouir au cœur du pays et vérifier ce que je pressens. La France me fait penser à une immense poupée russe, qui porterait en elle des milliers d'autres poupées, de taille inégale, mais de forme identique. Elles seraient différentes sur un seul point seulement : les unes seraient bruyantes, en principe les plus grandes, elles parleraient souvent et s'écouteraient parler; les autres seraient discrètes, les plus petites d'entre elles. Elles n'oseraient rien dire, elles auraient peur des mots. Mais bavardes ou timides, ces trente-six mille poupées, ces trente-six mille communes porteraient la même robe. Une robe de couleur grise en cette fin de siècle.

Un homme voudrait échapper à cette couleur ambiante. Il porte une « robe » vert espérance pour égayer les lieux, et parle comme on chante pour rendre aux hommes leur gaieté. Mais ce qu'il dit est grave ce dimanche matin, dans l'église romane de Saint-Martin-de-Lamps, à vingt kilomètres du chef-lieu Châteauroux. L'abbé Spiesser est d'humeur maussade tout au long de la messe. Il fait pourtant très beau. La lumière du jour éclaire les vitraux. Mais le prêtre en soutane voudrait qu'elle éclaire tout.

– Nous sommes des gens lugubres, dit-il aux rares fidèles qui se sont déplacés – ils sont une vingtaine à peine –, et qui écoutent attentifs le sermon du curé.

C'est plus une remontrance qu'une simple homélie.

– Souvenez-vous de la parole du Christ, poursuit-il, sévère. « Vous êtes la lumière du monde. » Non, nous ne sommes pas les lumières du monde. Nous avons peur de tout. Peur de l'imprévu, peur de perdre ce que nous avons. Peur pour notre réputation. Il avait dit aussi : « Vous êtes les branches de la vie. » Une branche qui ne donne pas de fruits, on la coupe et on la jette au feu. Nous devons donner des fruits, nous ne devons pas les garder pour nous. Il y a, à cette époque, des hommes qui ont faim. Ils ont besoin de nous. Donne ton temps, ta parole, ton amitié. Donne-toi, toi-même.

Silence sous la voûte. Les fidèles sont troublés. L'abbé semble les « engueuler ». Ils souhaiteraient pourtant eux aussi qu'il y ait plus de lumière à Saint-Martin-de-Lamps. Mais le village se vide. Il n'y a même plus d'école pour les deux cents habitants. Et le village est triste. « La Ginette » n'est plus là. Elle est morte l'année dernière. Son café est à vendre. Il ne trouve pas d'acheteur. Ils le regrettent tous. Ils aimaient la Ginette. Ils se rassemblaient ici, surtout les soirs d'hiver, et buvaient un « p'tit coup » avec le curé.

– La Ginette était la consolatrice des affligés, dit-il avec regret.

Puis il met son béret et son imperméable, monte dans sa R 5; la messe est terminée.

– Allons chez Siméon, on pourra déjeuner.

C'est une ferme-restaurant perdue dans la campagne, tout au bord d'un étang. Une grande pancarte, pleine d'humour berrichon, vous accueille à l'entrée : « Ralentir. Vin kilomètres à l'heure. » Mais c'est à la sortie qu'il faudra ralentir. Le vin est abondant chez Siméon Marchais et le repas copieux autour d'une cheminée. Il y a très peu de tables, mais de nombreux clients. Les tables sont si grandes. On peut s'asseoir à douze et se passer le pain, sur la même toile cirée, même si l'on ne se connaît pas. Une jeune femme nous rejoint.

– Je vous présente Danielle Mariée. C'est notre nouvelle perle. Elle nous apporte la vie. Grâce à elle et à sa petite famille, Saint-Martin-de-Lamps compte trois habitants de plus. C'est si rare aujourd'hui.

Le compliment de l'abbé Spiesser, qui apprécie le kir, fait rougir la jeune femme qui succède, à sa façon, à la Ginette. Le café de la Place est fermé. Elle a donc créé un club où on peut de nouveau jouer à la belote. Mais les villageois n'osent pas l'appeler « la Danielle ». Elle est du pays, c'est vrai, mais elle l'a quitté il y a si longtemps. Elle voulait s'évader comme tous les adolescents. Elle avait besoin d'espace. Elle s'est donc choisi un métier pour pouvoir voyager et quitter ses sabots : hôtesse de l'air. Elle est allée de ville en ville, a fait plusieurs fois le tour du monde, a dormi à Bombay, a dansé à Rio, a visité Pékin, a bronzé en Afrique, s'est promenée à New York, est passée par Paris pour finalement atterrir à Saint-Martin en Berry. Son mari l'a suivie. Il avait un beau poste au ministère des Finances mais s'est reconverti. Il est aujourd'hui greffier.

Les autres hôtesses de l'air n'ont pas compris Danielle. « Quelle idée, lui ont-elles dit, de tout abandonner : un salaire, un métier, les voyages, la belle vie ! » Mais Danielle Mariée était fatiguée de cette vie « si belle ». Elle la trouvait de plus en plus artificielle. Elle a voulu revenir sur terre, et retourner à la source, quitte à sacrifier sa vie très parisienne. Elle le montre aussitôt en nous demandant de l'excuser. Elle ne reste avec nous que pour l'apéritif. Sa famille l'attend. Elle doit la rejoindre.

– Elle est chouette, n'est-ce pas?

– C'est un mot que vous employez souvent, monsieur l'abbé!

– Oui. C'est un mot que j'aime. J'aime aussi l'animal.

– Il vit pourtant la nuit. Il n'aime pas la lumière.

– Oui, mais il symbolise la sagesse et la vie intérieure. « Si vous ne devenez pas chouette, dit-on ici, vous n'irez pas dans le Royaume de Dieu. »

Hasard des rencontres. Cet animal m'obsède depuis mon arrivée dans le Berry et ma visite nocturne dans la Brenne. Elles semblent se plaire ici et ont trouvé en l'abbé un ami précieux. Il leur ressemble un peu, quand il ôte son béret. Gros yeux ronds, regard fixe, visage rond, joues pleines... et longs silences.

– Vous avez voulu être prêtre pour cette vie intérieure?

– J'aime méditer, mais je dois être honnête. Quand je suis arrivé ici en 1955, je ne voulais surtout pas m'isoler. Au contraire, j'allais travailler avec les paysans. J'étais jeune à l'époque. J'avais trente-cinq ans. Et j'aimais bien bouger.

– Bouger? De quelle manière?

– J'avais une moto, une 350 Java. Oh! elle était belle. C'était une bicyclindre.

– Et vous rouliez vite?

– Oh oui!

– Mais les paroissiens, comment réagissaient-ils?

– Pas très bien, à l'époque. Savez-vous comment ils m'appelaient?

– Non.

– Le « curé dingue ».

– Vous vous êtes assagi?

– Avec l'âge, oui. Mais j'envie ceux qui ont une 1100 aujourd'hui. Je les vois sur la route. Je pense à mes motos, une 125, une 250, une 350. C'était chouette.

– Vous bougez moins souvent aujourd'hui?

– Je ne bouge plus du tout malheureusement. Les curés faisaient de belles virées autrefois. C'était le faste. J'ai fait de beaux voyages en Espagne, en Afrique, dit-il, les yeux encore plus ronds.

Danielle Mariée a voyagé toute sa vie. Elle a souhaité s'arrêter et réfléchir. L'abbé médite tous les jours et souhaite voyager.

– Pourquoi ne partez-vous plus?

– Pas d'argent.

– L'Église est-elle pauvre à ce point?

– Ce sont les paroissiens qui m'ont acheté l'auto. Je n'aurais pas pu le faire. J'ai gagné l'année dernière treize mille francs.

– Treize mille francs en un an?

– Treize mille francs en un an. Reine la paysanne est encore mieux lotie.

– Comment faites-vous pour survivre?

– Je rends quelques services. Je crée des personnages de bois que j'offre à mes fidèles. J'aime travailler le bois. J'ai même un atelier. C'est mon septième ciel. Et puis je mets la main à la pâte. J'ai restauré une partie de l'église de Saint-Martin avec mon ami Nénesse le maçon. J'ai électrifié moi-même les cloches de Moulins-sur-Céphons, en montant là-haut, tout seul en plein mois d'août.

– Vous êtes toujours le curé dingue?

– Oh! non, c'est fini. Je suis très sage. Tout le monde est sage aujourd'hui. Il n'y a même plus de querelles de clocher.

– Vous semblez le regretter.

– Un peu. Je me souviens de mes bagarres avec l'instituteur. C'était homérique.

– Bagarres? Le mot est fort!

– Non. Au temps de la loi Debré sur l'école privée, je me promenais avec mes gardes du corps. C'était un dur, l'instituteur. Il m'est arrivé de vouloir lui casser la gueule.

– Et maintenant?

– Tout le monde a fait la paix. Vous appelez cela la paix civile, je crois. Je me suis moi-même adapté. Je fais mon caté à la mairie.

– Dans la maison de la République?

– Oui, cher monsieur, sous les yeux de Marianne et de François Mitterrand.

– Mais les églises sont immenses!

– Elles sont peut-être immenses. Mais ça caille. Il fait plus chaud à la mairie.

– L'instituteur doit être furieux.

– Il n'y a plus d'instituteur. Il n'y a plus d'école.

– Mais il y a un curé.

– Le dernier des curés. Il n'y en aura plus après moi.

Le « dernier des curés » remet alors son béret, son imperméable et remonte dans sa R 5 pour regagner le presbytère où il vit seul, depuis trente-quatre ans, à Moulins-sur-Céphons, en face du café le Soleil Levant.

Il passera d'abord quelques heures dans son atelier au premier étage, son septième ciel, fabriquera grâce à son tour de bois quelques figurines, ira ensuite dans sa chambre au rez-de-chaussée pour écouter sur cassettes, devant la photo de sa mère, des chants d'enfants qu'il a lui-même enregistrés, priera un instant devant une autre photo, celle du Saint-Père, et remontera une seconde fois au premier étage, ouvrira une armoire où il garde précieusement ses chasubles, aux couleurs vives ou pastel. Une vraie collection qui défie toutes les modes. Une forte odeur de naphtaline envahira le couloir. Le père Spiesser sortira alors, un par un, tous ses ornements sacerdotaux, en caressera l'étoffe, les portera à l'abri des regards et se changera en songeant souvent à la splendeur des années passées. Les souvenirs défileront en même temps que les couleurs : bleu Vierge Marie; rose-carême; jaune-lumière; vert-vie; rouge-pénitence. Il s'attardera aussi sur les robes de feutrine ornée d'un poisson, symbole de la vie, ou d'un papillon, symbole de l'envol. Puis il rangera tout, fermera l'armoire, redescendra dans sa cuisine et boira lentement une bolée de cidre en contemplant longuement la chouette de bois qu'il a fabriquée lui-même.

– Ne croyez pas que je sois seul, m'avait-il dit chez Siméon Marchais, à l'heure du repas. Je ne suis pas malheureux.

Il tentait de me convaincre. Mais ses yeux étaient trop ronds. L'ancien « curé à la moto » est aujourd'hui « paumé ». C'est un mot qu'il emploie également très souvent, quand il parle des autres. Quand il prie... pour les autres.

– Savez-vous lire l'hébreu?

S'il y a une question à laquelle je ne m'attendais pas en « débarquant » dans le Berry, c'était bien celle-là.

– Oui, mais l'hébreu biblique seulement.

– C'est parfait. Pourriez-vous me faire le « Motsi » avant le repas, bénir le pain et le sel?

– Si vous le désirez, oui.

Rachel est très émue, en entendant ces quelques mots en hébreu qu'elle avait oubliés. Rachel est fille de rabbin. Elle vit depuis longtemps près d'un hameau, Argentières, qui ne figure sur aucune carte. Elle vit avec Jean-Pierre Cartier, fils du célèbre journaliste Raymond Cartier, dont j'ai cité la formule « La Corrèze plutôt que le Zambèze ». Dans la bouche du père, c'était un mot. Dans la vie du fils, c'est devenu un choix.

Le couple habite un vieux moulin acheté il y a trente ans et refuse, entêté, tout contact avec la civilisation, avec la ville qui a détruit à leurs yeux les Quatre Éléments.

– La Terre, c'est de l'asphalte, dit-elle révoltée.

– L'Air est pollué, ajoute-t-il amer.

– L'Eau est javellisée, poursuit-elle désolée.

– Et le Feu, c'est du butane, conclut-il attristé.

Il écrit. Elle médite.

Il va voir les six chevaux qui trottent en toute liberté au bord de la rivière. Elle nourrit les sept poules du moulin qu'elle a baptisées de prénoms démodés comme Mathilde ou Clotilde.

Il lit. Elle prie.

Un ermite vit toujours seul. Ces deux ermites ont choisi de vivre ensemble. Pour être moins seuls?

15

Châteauroux : cinquante-cinq mille habitants. Neuvy-Saint-Sépulchre : mille huit cent quarante-deux habitants. Saint-Martin-de-Lamps : deux cent cinq habitants. Argentières : soixante-dix habitants. Le Moulin des Cartier : deux habitants.

Je ne peux pas « descendre » plus bas, dans le Berry profond. Ma plongée deviendrait trop risquée. Je ne pourrais plus moi-même respirer. Il me faut au plus vite remonter à la surface. J'ai besoin de la ville, de son air, de son bruit. Châteauroux est une ville, même si c'est loin de Paris.

Et là, je suis servi! Il y a un bruit énorme. Un grondement permanent. Comment réagiraient le père Spiesser, Rachel et Jean-Pierre, s'ils découvraient ce que je vois en rentrant dans la ville? J'ai cru d'abord rêver, mais je ne rêve pas. Un Boeing 747 vole à très basse altitude au-dessus de l'église Saint-André. L'effet d'optique est tel qu'il semble passer entre les deux « ailes » de l'église, place Voltaire. A-t-il fait fausse route? Est-il détourné? Je le suis du regard; j'en ai mal à la tête. Il s'éloigne et revient, tourne une première fois au-dessus de nous, tourne une seconde fois, puis une troisième fois. Il vole si bas que je crains l'accident. Il semble si lourd, démesuré, de si près. La ville apparaît du coup comme une petite maquette survolée par un gros oiseau blanc au bec menaçant. Mais elle ne réagit même pas. Elle ne lève pas la tête. Elle ne s'entend pourtant plus, le bruit du jumbo couvre tous les autres bruits. Il s'éloigne à nouveau mais réapparaît et fait une nouvelle ronde au-dessus de la cité. Je les compte désormais. Et je n'en reviens pas. Il aura tournoyé une bonne quinzaine de fois avant de disparaître.

Pourquoi ce Jumbo qui surgit tout à coup dans le ciel de Châteauroux laisse-t-il la ville si indifférente? Je pose la question à un commerçant. Il hausse les épaules. Il en a l'habitude. Il n'est d'ailleurs pas mécontent. Les rondes des Boeing de plus en plus fréquentes lui rappellent la présence américaine et le passage des gros-porteurs de l'OTAN qui se servaient de Châteauroux comme d'une plaque tournante.

– Mais les Américains sont partis?

– Ils sont partis, mais ils nous ont laissé la piste, me répond-il.

– Et qu'avez-vous fait de cette piste?

– Un nouvel aéroport.

– Militaire?

– Non, civil. Cet avion que vous avez vu appartient peut-être à la Lufthansa, la compagnie allemande. Les pilotes viennent s'entraîner ici. Ils font du « touch and go ». Ils atterrissent et décollent. Cela fait vivre la ville qui reçoit cinq mille francs à chaque fois que l'avion touche la piste.

– C'est donc une simple piste d'entraînement?

– Non, monsieur, c'est un aéroport.

– Cela suppose un trafic aérien?

– Il existe.

– Avec quelle ville?

– Avec Paris. La liaison Paris-Berry existe depuis peu. Et nous espérons en faire un aéroport international.

– C'est une plaisanterie!

– Pas du tout. Le jour où Roissy et Orly seront embouteillés, Châteauroux sera d'un grand secours.

– Où se trouve ce bijou?

– Sur la route de Paris.

Je m'y rends aussitôt et repère de grands bâtiments rouge brique en face de l'Escale, le restaurant des routiers. Je m'engage dans la zone et je distingue de loin la présence d'un avion blanc; c'est peut-être le même. Mais la zone est déserte. Et les bâtiments sont vides. Ils sont même abîmés, délabrés, les vitres sont brisées, comme s'ils avaient subi un bombardement récent. Je ne comprends plus rien. Le commerçant s'est-il payé ma tête? La ville est si singulière, malgré les apparences. Je m'obstine tout de même. J'aperçois un hangar, c'est peut-être un atelier de réparation ou un abri pour avions; j'entre en voiture et je découvre, surpris, une montagne de blé. Pas l'ombre d'un avion.

– Mais que faites-vous ici?

Le ton est plutôt ferme et même menaçant. L'homme qui m'interpelle ne semble pas apprécier, mais alors pas du tout, ma présence.

– Je cherche l'aéroport.

– Il est un peu plus loin. Vous vous êtes trompé. Vous devez ressortir et reprendre la route.

– Il y a pourtant un avion là-bas, juste en face du hangar.

– L'aéroport est plus loin, vous dis-je. Vous devez ressortir.

Inutile d'insister. Il m'intrigue, mais je sors et je reprends la route de Paris. Pour trouver enfin l'aéroport. Il existe bel et bien. Le commerçant disait vrai. Il y a même un avion qui s'apprête à partir. Il a une drôle de tête à l'arrière. Je m'approche et découvre le dessin. C'est une tête de Maure entourée d'un bandeau, le symbole de la Corse. La Corse dans le Berry!

Buñuel devrait tourner un court métrage ici; il ne s'ennuierait pas. Je me renseigne alors. C'est un avion d'Air-Corse, une compagnie qui a pignon sur piste. Il assure la liaison régulière Châteauroux-Paris et se rend ainsi deux fois par jour dans la capitale, sans jamais voir la mer, sans jamais voir son île.

Mais alors, l'autre avion? Quel est-il? Et pourquoi ce mystère, ce hangar métallique transformé en silo à blé? Je reste décidé à tenter de le percer par d'autres moyens, bien sûr plus discrets. Et j'apprends le lendemain que le gros avion blanc était un Illiouchine, un appareil de fabrication soviétique. Il est reparti avec sa cargaison. Ce n'était pas du blé, mais des armes. Et pas n'importe quelles armes : des missiles sol-sol et des Exocet. Le client est fidèle, c'est un pays arabe. L'Irak, sans aucun doute. Mais ce n'est pas le seul. La France a d'autres clients. Et c'est Châteauroux qui assure chaque jour ce trafic important. La ville vit sur une mine, mais elle ferme les yeux. C'est aussi une mine d'or. C'est bon pour le commerce, le commerce du jour ou celui de la nuit. C'est dur pour le préfet. Il doit tout surveiller, avec la DST et surtout, veiller, dès l'approche de l'été, à éviter l'entrée de drôles de touristes. Ont été repérés : des touristes bulgares qui voyageaient en groupe, des visiteurs roumains qui faisaient un pique-nique et un routier allemand, de l'Allemagne de l'Est, qui s'était arrêté près des hangars à blé. Il était « en panne ». On l'a vite « réparé ».

Il doit aussi préserver l'ordre public à tout prix. Ce prix peut être élevé. Il arrive, en effet, que cet ordre soit troublé. Un ancien procureur de la République avait pris la liberté de chasser avec d'autres notables autour de la piste. Les lapins sont nombreux. Mais les avions aussi. Et ceux qui en descendent sont très souvent nerveux. Le jour où le procureur chassait, un avion irakien venait de se poser. Il y avait dans l'appareil des passagers armés. Ils tenaient à le rester hors de l'appareil. Ils auraient pu confondre les chasseurs locaux avec des terroristes à la solde de l'Iran. Ils n'ont pas confondu. Mais ils ont souhaité qu'il n'y ait plus de notables autour de leurs avions. Les coups de feu les gênaient et perturbaient le trafic. Il n'y a plus de coups de feu. Le trafic continue. Dans un profond silence.

portail des passagers [illegible]. Ils tendaient à se réunir [illegible] Pourquoi ? Ils [illegible] à confondre les chas[illegible] locaux avec des [illegible] à la pêche [illegible]. Ils n'ont pas confondu. Mais ils ont souhaité qu'il n'y ait plus de [illegible] autour de leurs avions. Les routes [illegible] les postes et [illegible]. Il n'y a plus de coups de feu. Le trafic continue. Rien au présent [illegible].

16

Je suis comme le curé. De plus en plus « paumé ». Mais pour d'autres raisons. Je ne sais plus où je suis.

Je regardais l'église. Je découvre un Boeing. On me dit : « C'est la ligne Châteauroux-Paris. » Je cherche le Boeing. Mais c'est un Illiouchine. Il y a aussi une ligne « Châteauroux-Bagdad ».

La ville est tranquille, lit-on sur tous les guides. Il y a des hommes armés dans les hôtels du centre, et des fusées sol-sol dans des hangars douteux.

Je n'ai plus qu'un refuge, c'est le Vieux Colombier de la famille Moineau, où je trouve dans ma chambre un beau dessin de Maud, leur fille de six ans. Son cadeau m'attendrit. Maud a dessiné sur une grande feuille blanche tout ce qu'on voit sur terre. Ou ce qu'on croit voir. Elle s'est appliquée; c'est très coloré et surtout souriant. Mais pas réaliste. Il ne faut pas le lui dire. Elle est si innocente.

Ses nuages sont rares et peints tout en rose.

Sa maison est blanche. La porte d'entrée est mauve. La cheminée est rouge. Et la fumée aussi.

Les fleurs sont bleues et jaunes. Comme les feuilles de l'arbre.

Le papillon est beau. Il est multicolore. Il est plus

gros que l'arbre et il a cinq ailes; les trois ailes droites sont jaunes, les deux ailes gauches sont vertes.

Une petite fille se tient debout, près de la grande maison. Ses cheveux sont tout jaunes, comme le soleil, et son sourire éclatant, comme le soleil.

Pour Maud, le monde est beau. L'herbe est toujours verte et le ciel toujours bleu même en plein hiver. La pluie est sans doute tombée, mais Maud a dessiné peu après, quand elle ne tombait plus. Un très bel arc-en-ciel éclaire toute la feuille. C'est le plus bariolé et le plus ressemblant.

J'aurais pu faire comme Maud. J'aurais pu dessiner moi aussi en couleurs. Mais, malheureusement, j'ai vu des maisons grises et des nuages gris.

J'aurais voulu, comme Maud, peindre les Français sur une seule et grande feuille. Ils auraient tous figuré, ensemble, souriants, comme la petite fille aux cheveux dorés. Mais j'ai été contraint de faire plusieurs tableaux. Certains étaient très tristes. D'autres beaucoup plus gais.

Tous ces tableaux auraient dû composer une seule et même fresque. C'était mon intention. Mais je n'y parviens pas. Ils sont si différents. Il faudra trouver une astuce pour les assembler, les harmoniser. Je me sens impuissant, je ne l'ai pas trouvée.

Il faut, dans ces cas-là, faire preuve d'humilité et frapper à la porte des hommes de l'art. Roger Geninet peut sans doute m'aider. Il a plusieurs cordes à son arc. Il est architecte, artiste photographe. Il en a une autre qu'il ne mentionne pas sur sa carte de visite, il est bien trop pudique : c'est un sage. Il est donc très lucide.

– Comment voulez-vous composer le même tableau? me dit-il à voix basse, sans jamais s'emporter. Comment voulez-vous donner une âme à un pays, à une ville quand les éléments sont trop disparates? Prenons l'exemple de Châteauroux – c'est l'architecte qui parle : l'urbanisation a été anarchique. Ils ont construit des tours de béton et de verre à côté des petits hôtels particuliers au style rococo. Ils ont détruit le petit théâtre second Empire pour le remplacer par un immeuble gris-bleu.

Un immeuble de moins en moins bleu. De plus en plus gris.

– Comment voulez-vous communiquer quand vous apprenez seul chez vous les nouvelles locales ou bien celles du monde! Autrefois, dans mon village, nous nous retrouvions autour du tambour de ville, et nous commentions aussitôt. Nous nous parlions à la foire aux bestiaux. Se parle-t-on chez Mammouth, entre deux rayons?

Roger Geninet tente encore de parler. Son nouveau tambour de ville, c'est le Lions Club, celui des anciens. Il a renoncé à composer un seul et grand tableau, où tout Châteauroux serait représenté. Il se contente des siens et se passionne désormais pour une nouvelle technique. Il se promène sans cesse, s'arrête de temps en temps, prend plusieurs photos, choisit un cliché et l'agrandit ensuite, pour ne plus voir, comme Maud, que ce qu'il veut bien voir.

Il est allé ainsi dans un cimetière marin; une coque de bateau rouillé l'a attiré. Il l'a photographiée tout au long de la journée, de quart d'heure en quart d'heure. La coque ne bougeait pas, mais la lumière changeait si souvent et si rapidement que toutes les photos d'un seul et même objet devenaient différentes. Roger Geninet a choisi l'une d'entre elles, en a fait un tableau. Le résultat surprend. J'ai cru voir un personnage de *La Strada* de Fellini, avec son œil triste et son nez de clown. C'était une simple coque.

Mais Roger Geninet ne veut en tirer aucune gloire.

– Je suis un voleur des œuvres d'art que recèle la nature. Je ne suis qu'un receleur.

Un « receleur » discret, qui ne tient pas à peindre la nature dans sa totalité, qui prétend encore moins la transformer. Ce n'est pas, semble-t-il, la vocation de l'artiste qui préfère s'isoler dans « son » propre monde souvent imaginaire. Pour échapper au monde. Il est bien trop complexe.

Je le comprends fort bien. Pour garder sa candeur et rester innocent, l'artiste peut être tenté de vivre en marge et de voir tout en bleu quand tout vire au gris. Mais qui osera du coup entrer, manches retroussées, dans cette Tour de Babel qu'est aujourd'hui la ville, c'est-à-dire le pays, pour lui donner une âme et montrer le chemin?

– Moi, cher monsieur.

La voix est forte et claire. Un tantinet autoritaire. Un léger défaut de langue pimente tous ses mots qui sifflent comme des balles. Gare aux ricochets. La femme qui parle ainsi est fonctionnaire. Elle travaille à la préfecture depuis de longues années et ne craint personne, pas même le préfet. Elle a son franc-parler qui terrorise les uns et fait fondre les autres. Châteauroux, impassible avant son arrivée, se divise quand elle apparaît. Mais elle feint d'être surprise par tout ce fracas et joue à l'ingénue quand l'écho lui en revient.

Paula Kerob ne comprend pas qu'ils se déchirent à son propos. Elle comprend d'autant moins qu'elle veut les rassembler. Sous une seule bannière. Sous sa propre bannière. Elle y parvient parfois. Cette « pied-noir » au sang chaud, qui a quitté Tiaret à cause de la guerre d'Algérie, plaide pour la paix ici, dans le Berry. Elle a une obsession : unir toutes les races sous une seule et même tente, toutes les religions dans un seul et même temple. Elle va de l'une à l'autre et suscite les rencontres. Elle entre, téméraire, dans la Tour de Babel, fait taire les différences, impose ses préférences. Mais il suffit qu'elle sorte pour que tout recommence. Les cloisons s'édifient, les clans se reforment, les cartes se regroupent. Paula Kerob ne l'ignore pas, mais elle persiste à croire qu'un jour elle réussira.

Elle a dû faire un rêve, comme Martin Luther King. Elle court après ce rêve.

17

Et si j'entrais moi aussi dans cette Tour de Babel? J'ai vu ses locataires. Je les ai rencontrés, tout au long de mon périple. Mais séparément. Je les ai écoutés. Mais successivement. J'ai eu une velléité, celle de les rassembler sur la place de la République. Puis j'ai renoncé. J'aurais échoué, les temps ont changé. Mai 68 est loin. Ils n'auraient pas parlé, ils ne se seraient pas parlé. Ils l'ont fait avec moi, ils se sont même confiés, mais tout seuls, en privé, lors d'un échange discret, un véritable dialogue. En public, en revanche, ils seraient inhibés. Ils se connaissent si bien, du moins croient-ils se connaître.

Mais je ne veux pas repartir, sans savoir, sans comprendre. Pourquoi y a-t-il dans une ville moyenne comme Châteauroux une telle diversité, une telle disparité? Pourquoi les Castelroussins, même s'ils ne vivent pas seuls, sont-ils « seuls dans leur tête »? Et quand ils vivent seuls, ils le sont encore plus! Pourquoi les jeunes s'évadent-ils dans la drogue, pour finir en prison? Pourquoi leurs aînés plongent-ils dans l'alcool, cette prison sans barreaux? Pourquoi des hommes meurent-ils de faim tout près des grands hangars où l'on stocke du blé, où l'on stocke des armes qui rapportent tant d'argent? Pourquoi les gourous ne disent-ils plus rien? Parce qu'ils n'ont rien à dire? Pourquoi les hommes politiques ne font-ils plus de promesses? Doutent-ils d'eux-mêmes à ce point? S'ils n'ont pas réussi à unir la cité, qui pourrait le faire? et de quelle manière? Qu'est-ce qui pourrait l'unir? Quel miracle faudrait-il?

Je ne suis ni gourou ni élu ni prophète. Simplement journaliste. Je n'ai pas de recette. La magie de la télé ne rend pas magicien. Mais je voudrais découvrir avant de m'en aller au moins une couleur qui ne soit pas grise et qui me permette de donner un semblant d'harmonie à ma modeste peinture.

Je n'ai qu'un seul moyen : réunir dans un même lieu et au même moment plusieurs « personnages » qui soient différents les uns des autres, qui ne vivent pas ensemble, qui aient des opinions, un métier, des statuts très divers. Je susciterais l'échange, je les écouterais parler et je finirais bien par déceler ce qui peut les rassembler. Je trouverais enfin ce fil d'Ariane qui m'aiderait, comme Thésée, à sortir du labyrinthe.

Qu'est-ce qui peut rassembler, par exemple, Francis Bénichou, André Dupeux et Gérard Mauchien?

Francis Bénichou, né à Oran il y a quarante-deux ans, a quitté l'Algérie pour Paris en 1962, lors de l'Indépendance. Il a échoué ensuite à Berck-Plage dans le Nord avant de s'exiler avec sa femme, une femme du Nord, place Sainte-Hélène à Châteauroux. Cet exil lui convient malgré le vent froid qui balaie la place et qu'il tente d'oublier en allant une fois par an en vacances le plus au sud possible, du côté d'Alicante, en Espagne. Francis Bénichou est masseur-kinésithérapeute-rééducateur.

André Dupeux a cinquante et un ans. Il est chef d'atelier dans une entreprise qui fabrique des pièces pour automobiles et qui a été achetée par les Allemands.

Gérard Mauchien est, lui, agriculteur. Depuis « toujours ». Il a cinquante-trois ans. Il produit des céréales.

Nous nous retrouvons avec leurs épouses, chez Francis Bénichou, autour d'un verre et de gâteaux au miel et aux amandes. Des gâteaux de « là-bas » que sa femme, la « chtimie », a faits elle-même; elle a « appris grâce aux livres » qu'elle a achetés dans le Nord. Elle se veut modeste, les juge un peu secs, mais ses invités berrichons semblent les apprécier. Les différences culinaires ne les choquent pas, bien au contraire. Je réalise mieux, maintenant, l'esprit d'un graffiti que j'avais lu sur la façade d'une maison, rue Grande, une petite rue de Châteauroux : « Couscous, cassoulet : même gamelle. » C'est encourageant. Vais-je trouver dans ma gamelle d'un soir, dans mon panel improvisé, place Sainte-Hélène, le même œcuménisme?

J'avoue ne pas être déçu. Couscous et cassoulet s'entendent bien d'emblée. D'abord sur l'humeur du pays.

– Les gens sont mécontents, estime l'agriculteur.

– Je le vois bien dans mon cabinet, confirme le kiné.

– Et moi dans mon atelier, assure le contremaître.

– Ils sont surtout inquiets, ajoute Corinne qui est venue se joindre à nous. (La fille de Francis Bénichou est infirmière.)

– Pourquoi le sont-ils?

– Parce qu'ils sont démotivés, pense André Dupeux.

– Inadaptés surtout, croit savoir Francis Bénichou. La crise nous a surpris. Nous ne nous étions pas préparés.

– C'est aussi un problème de formation, précise Gérard Mauchien. Combien de fois ai-je vu des jeunes sortir très fiers des lycées agricoles et errer, penauds, dans les champs.

– Ce n'est pas toujours leur faute. (Le contremaître tient à nuancer.) Les techniques progressent si vite que leurs professeurs n'ont pas toujours les moyens d'enseigner. Je l'observe dans mon propre secteur.

J'ai le sentiment d'avancer à pas de géant. Ils font le même constat sur l'état d'esprit des Français, avancent des raisons qui se complètent et ont la même opinion de la classe politique, sans révéler pour autant leurs préférences. Ils sont discrets sur ce point.

– Elle ne nous apporte plus rien, disent-ils en chœur. Nous n'attendons pas grand-chose d'elle.

– Nous ne sommes pas les seuls à le penser, nous informe le contremaître. Je les entends, mes ouvriers. Il y a encore quelques années, ils se passionnaient comme nous pour la vie politique et se divisaient sur les syndicats. Ils n'en parlent même plus.

– Cela peut être dangereux pour la démocratie. Nous avons besoin des partis politiques.

– Oui, mais à condition qu'ils nous motivent, me répond-il.

– Comment voulez-vous qu'ils nous motivent, intervient le kiné. Ils ne savent même plus où ils en sont sur le plan idéologique. C'est le vide total.

– On n'a pas besoin de l'idéologie pour être motivés. (Le contremaître est, lui, très pragmatique.) Prenez, rappelle-t-il, l'exemple américain ou soviétique. La conquête de l'espace, c'était une belle aventure. Elle avait captivé toute la population. Que nous offrent-ils ici, en France? Rien.

L'échange devient de plus en plus intéressant. Et pourtant il ne bute sur aucun accroc, aucun obstacle. L'accord reste parfait. Serait-ce l'effet des gâteaux au miel et aux amandes?

– Vous dites, monsieur Dupeux, que les hommes politiques ne nous offrent aucune aventure. Tout de même, il y a l'Europe!

– Parlons-en de l'Europe!

L'intervention et le ton de Gérard Mauchien me surprennent. Je pensais rester, avec l'Europe, sur un terrain consensuel. Erreur!

– Le marché européen de 92, ce sera peut-être notre mort, si on ne nous aide pas, s'enflamme l'agriculteur.

– Vous avez tort, réplique le chef d'atelier. L'Europe, c'est notre chance.

Je n'ose plus intervenir dans le débat. Le kiné, non plus.

– Ah! parce que vous pensez, vous, résister aux Allemands!

– C'est grâce à eux que je travaille. Je me garderais de les critiquer.

– Vous abondez dans mon sens. Leurs capitaux sont déjà dans le Berry. Ils vont tout acheter comme ils ont acheté votre entreprise.

Le propos reste convivial, mais sur le fond, ni l'agriculteur ni le contremaître ne veulent céder. Gérard Mauchien, le céréalier, reprend l'offensive.

– Savez-vous pourquoi leurs capitaux sont là, dans le Berry?

– Non.

– Parce qu'ils ont plus d'argent là-bas.

– Je m'en doutais.

– Vous ne m'avez pas compris. Le gouvernement les aide, comme en Hollande. On le voit bien dans l'agriculture. On a un mal fou en France à acquérir des terres si on n'est pas propriétaire. En Allemagne de l'Ouest et en Hollande, c'est beaucoup plus facile.

– Ce n'est pas seulement un problème de gros sous. C'est aussi un problème d'adaptation. Nous en parlions tout à l'heure.

– Mais on s'adapte. Les paysans savent s'adapter, contrairement à l'idée qu'on s'en fait. Mais les charges restent trop élevées. Il m'est impossible d'engager un commis. Je ne travaille plus qu'avec mon fils. Nous ne sommes que deux pour deux cent vingt hectares. Malgré cela, le prix de revient est encore trop lourd. Comment voulez-vous vous adapter quand le quintal de blé revient à quatre-vingts francs en Australie et cent quarante-cinq francs en France?

– Restons en Europe. Vous vous adaptez peut-être, vous, les paysans! Mais permettez-moi de vous donner l'exemple de mon entreprise. Notre patron est allemand. Il l'a achetée il y a trois ans. Il a aussitôt appris à parler français. Il a proposé aux cent soixante-dix employés d'apprendre l'allemand. Deux employés seulement ont accepté sa proposition. Deux sur cent soixante-dix.

Je préfère ne pas arbitrer. Je ne parviendrais pas à les mettre d'accord. Ils sont, je le vois bien, radicalement opposés. Et ils le sont pour une raison précise que je perçois en les écoutant, en les observant également : leur « intérêt » est en jeu. Leur intérêt vital. L'agriculteur se sent menacé, acculé. Le marché européen va provoquer, craint-il, une baisse de ses revenus, des difficultés supplémentaires ou peut-être même la ruine.

Le contremaître voit, au contraire, dans ce marché libre la seule chance de survie pour son entreprise, donc pour lui. Il l'a vérifié, il y a trois ans. Si le capitaliste allemand ne s'était pas présenté, il aurait été au chômage et le serait peut-être encore.

Je comprends qu'il soit difficile de les « réconcilier », ou de les départager. Cela me rend indulgent à l'égard des hommes politiques si souvent décriés. Et un peu plus lucide sur la vie dans la ville. Il est impossible et vain de vouloir faire de celle où nous vivons un petit paradis où l'on se tendrait la main, où l'on s'embrasserait sans cesse, où l'on se sourirait, sans conflits, sans violence. Cet échange somme toute banal, auquel je viens d'assister, dissipe quelque peu la candeur que j'ai portée en bandoulière tout au long de mon voyage en France profonde. Une ville aussi paisible que Châteauroux peut être une jungle, comme Paris ou New York. On n'entend pas les cris. On ne les entend jamais. Mais on peut s'affronter quelquefois en silence.

Le fil d'Ariane que je croyais tenir est coupé à nouveau. Mais il vaut peut-être mieux arrêter ce débat et passer à un autre sujet de discussion, moins polémique. Je ne voudrais tout de même pas provoquer un incident chez notre hôte qui continue, impassible, à faire tourner le plateau de loukoums, de makrouts et de cigares à la pâte d'amande.

Comment faire pour changer de registre en douceur? pour en ouvrir un autre, moins grave, plus souriant? L'immigration? Non, ils pourraient ne pas être d'accord. L'alcoolisme? C'est délicat. La chasse? L'un d'entre eux est peut-être écologiste. La télévision? Je n'ai pas envie ce soir de recevoir une pluie de critiques. La nouvelle pauvreté? Je les culpabiliserais avec tous ces loukoums sucrés. Je ne vais tout de même pas leur parler du vent qui souffle de plus en plus fort, place Sainte-Hélène! Ils l'entendent aussi bien que moi!

– Vous avez de nombreux clients, monsieur Bénichou?

Question banale, très banale. Mais il fallait quitter l'Europe, c'était urgent, et revenir dans le Berry.

– Oui, je travaille beaucoup. MM. Dupeux et Mauchien ont besoin de moi quelquefois, pour leur dos!

Aïe! j'aurais peut-être dû me taire. J'espère qu'ils ne vont pas se plaindre de ses massages!

– Je compte sur vous pour me faire oublier mes douleurs, sinon j'irais voir M. Coulon!

C'est Gérard Mauchien qui s'adresse ainsi à Francis Bénichou, mais il le dit avec le sourire. Ouf!

– C'est un autre kiné?

– Non, c'est le boucher.

Les épouses qui étaient intervenues très rarement semblent intéressées.

– Quel boucher? demande Mme Dupeux.

– Le boucher de Grandchamps. Le « gros ».

Je ne comprends pas. Ils n'ont pourtant pas abusé du champagne!

– Pardonnez-moi, monsieur Mauchien! Mais on ne va pas chez le boucher, quand on a mal au dos ou au genou.

– Non, on ne va pas chez le boucher, mais chez *ce* boucher.

– Il est aussi kiné?

– Non, il est boucher. Mais M. Coulon a un autre talent. C'est un rebouteux.

– Un rebouteux?

– Un guérisseur, si vous préférez.

– Sérieusement, vous n'allez tout de même pas voir un boucher rebouteux pour votre dos?

– Je suis sérieux. J'y suis allé maintes et maintes fois. M. Bénichou le sait.

Je me tourne vers Francis Bénichou qui acquiesce et se garde de désavouer l'agriculteur.

– Moi, je vais à Issoudun, déclare alors André Dupeux.

– Ah! parce que vous aussi, vous avez votre boucher?

– Non, c'est une femme, M. Longuet. Mais je suis allé pour autre chose, pour un zona.

– Elle est médecin?

– Pas du tout. Elle est également rebouteuse.

– Vous n'êtes pas allé voir un médecin, un vrai, pour votre affection?

– Si, mais il n'a pas réussi à me guérir.

– La dame d'Issoudun, non plus, je suppose?

– Si. Elle est parvenue, elle, à « barrer » mon zona.

– Barrer? Elle utilise des instruments?

– Non, aucun. Elle a fait simplement quelques prières. Et ça a marché. Pour moi, comme pour mon fils.

« Barrer »! Je ne savais pas que ce mot avait une autre signification, ici, dans le Berry. Je me tourne une nouvelle fois vers Francis Bénichou qui acquiesce encore et se garde toujours de désavouer le contremaître.

– Mais vous savez, leur dit-il, moi aussi je sais « barrer » le zona et les brûlures.

– Grâce à votre expérience de kiné?

– Non. Je fais aussi des prières.

– Vous les connaissez?

– Oui. Je les ai apprises.

– En Algérie?

– Non, ici.

Bénichou l'Oranais, qui m'a semblé très sage au cours de la soirée, qui n'a jamais élevé la voix, qui ressemble davantage avec son collier de barbe à un enseignant berrichon qu'à un « zazou » pied-noir, Bénichou l'Oranais se tourne alors vers moi et glisse, malicieux :

– De quoi parlions-nous tout à l'heure? D'adaptation. Eh bien! je m'adapte.

18

J'ai été trop « présent » au cours de cette première « séance ». Je cherchais sans doute inconsciemment la ligne de fracture et je l'ai trouvée sur l'Europe, un thème que j'avais moi-même lancé. J'éviterai de trop parler cette fois. Cela me permettra de savoir ce qui les intéresse. Mais j'imagine ce qui peut aujourd'hui les préoccuper. Il y a des grèves un peu partout dans le pays. Les Français se sont en outre abstenus largement aux dernières élections partielles ou générales. Ils l'ont fait pour exprimer leur lassitude ou leur mécontentement à l'égard du monde politique. La toile de fond est donc déjà dessinée pour ce repas qui réunit un chef d'entreprise, un restaurateur et son épouse, deux fonctionnaires et un étudiant. Je ne susciterai pas les premiers échanges. Je les laisserai bavarder entre eux.

Mais mon silence les incite à renverser les rôles et à me poser des questions.

– Alors, qu'avez-vous observé dans le Berry?

– Tout ce qu'on peut observer dans d'autres régions.

– Cela vous paraît-il représentatif?

– Assez. Le chômage, la drogue, la solitude, la

morosité, une certaine indifférence, une communication difficile... La France est à l'image de Châteauroux. Le taux d'abstention de dimanche coïncide d'ailleurs avec la moyenne nationale.

Raté. Mon scénario tombe à l'eau. Je viens de tracer involontairement le canevas de la discussion qui s'engage. Ils vont saisir chaque mot et broder ensuite. Je ne voulais pourtant pas en suggérer le modèle.

– J'espère que vous n'allez pas quitter le Berry sans voir ce qui fait notre particularité, me dit le chef d'entreprise.

– Quelle est-elle? Si vous faites allusion à la chasse à courre, je ne crois pas que ce soit une particularité. Les hommes en redingote bleue sont encore nombreux en France.

– Êtes-vous allé au centre universitaire, samedi soir?

– Non. Il y avait un meeting?

– Si l'on veut. C'était une réunion.

– Dans quelle salle?

– La salle George-Sand, près de la bibliothèque.

– La réunion portait sur la littérature?

– Non. Sur la voyance. Soyons précis : elle ne portait pas sur la voyance. Ce n'était pas une conférence. C'était plutôt une « séance ».

– Avec qui?

– Avec Michel le médium.

– En public?

– Bien sûr. Et il y avait du monde. Une centaine de personnes s'étaient déplacées.

– Elles se connaissaient?

– Pas du tout.

– Et Michel « voyait » en direct?

– Ne souriez pas. C'est sérieux. C'était même impressionnant.

– Pardonnez-moi, mais cela me fait penser au sketch de Pierre Dac et Francis Blanche dont je ne me lasserai jamais. Je ne peux pas croire aux visions d'un voyant en public devant une centaine de personnes qui ne soient pas complices. Cela ne me paraît pas très crédible.

Le chef d'entreprise est vexé, irrité par ma remarque. Voilà bien les certitudes et l'arrogance d'un Parisien! doit-il penser. Je guette les regards du restaurateur, des deux fonctionnaires et de l'étudiant. Ils n'apprécient pas non plus mon incrédulité et mon ironie, c'est clair. Je les ai blessés. A leurs yeux, le farfelu, c'est moi.

– Qu'a-t-il vu, le voyant, samedi soir?

– Ne plaisantez pas, c'était sérieux, réplique l'étudiant. J'y étais. J'étais sceptique comme vous. Je suis, moi aussi, un enfant de Descartes. Mais il faut accepter la part d'irrationnel. Les prophètes que la religion glorifie, n'étaient-ce pas des voyants?

– Votre Michel se présente comme un prophète?

– Non, il n'a pas cette prétention. Mais il entre en relation avec l'au-delà.

– Il l'a fait samedi soir?

– Il l'a fait à l'intention de ceux qui le lui ont demandé.

– Comment s'est établie la liaison?

– Décidément! La « liaison », comme vous dites, s'établit d'une manière très précise. On lui donne la photo d'un parent défunt; il la regarde, la touche et la « fait parler ». Il nous fait entrer ainsi en relation avec ce parent.

– Je faisais allusion tout à l'heure à la difficulté de communiquer sur terre. C'est apparemment plus facile entre terre et ciel?

– Vous êtes incorrigible! Ne vous arrive-t-il pas de faire un rêve et de voir dans votre rêve un proche que vous aimiez et que vous avez perdu?

– Oui.

– Eh, bien! c'est ce que nous faisons avec Michel. Nous rêvons, mais les yeux ouverts.

– Il n'est peut-être pas nécessaire de faire intervenir une tierce personne pour penser à ceux qu'on aime?

– Peut-être, mais il a un don que nous n'avons pas.

– Les séances sont toujours aussi graves et sérieuses?

– Elles le sont forcément. L'épouse du restaurateur entre à son tour dans la discussion. Elles le sont pour une raison précise. On va voir notre voyant quand on a des ennuis.

– Quelles sortes d'ennuis?

– Des ennuis personnels ou professionnels. Je connais un paysan qui avait perdu une vache. Elle était morte subitement. Il avait appelé le vétérinaire pour en connaître la raison. Le vétérinaire a été incapable de le lui dire. Le paysan a perdu ensuite une deuxième vache. Il a rappelé le médecin qui a avoué une nouvelle fois son impuissance. Il a fait appel à un laboratoire qui, à son tour, n'a rien décelé d'anormal. Le malheureux paysan n'était pas au bout de ses peines. Un troisième animal a succombé peu après à ce mal mystérieux. L'agriculteur s'est résolu à faire venir un médium rebouteux. Celui-ci a établi rapidement et sans hésiter son diagnostic. Un voisin lui avait jeté un sort. Il l'a conjuré. Les vaches ne meurent plus.

– C'est une légende qui court dans le Bas-Berry?

– Pas du tout. C'est une histoire vraie.

Je crois qu'il vaut mieux cesser de les tourner en dérision. Ils sont offusqués, tout en restant courtois, par ma réaction, mais tiennent tout de même à me convaincre, preuves à l'appui.

– Voulez-vous connaître ma propre histoire? insiste le chef d'entreprise. J'ai eu, moi aussi, des ennuis. Je n'avais pas de marchés, je perdais des clients, je n'en comprenais pas les raisons. J'ai sollicité un sorcier.

– Pardon?

– Oui, un sorcier. N'ayons pas peur des mots. C'est un homme de soixante-deux ans. Il ne savait rien de l'entreprise. Je lui ai demandé de venir sur place. Il a fait le tour de l'usine déserte, les employés étant partis, s'est arrêté près d'un poste de travail, est resté quelques minutes; il a médité un instant et m'a dit : « C'est ici que cela se passe! L'employée qui travaille *ici* précisément vous en veut. Elle vous a jeté un sort. Il faut le conjurer. » Il a alors fait quelques prières.

– Lesquelles?

– Je serais incapable de m'en souvenir. Mais le résultat a été immédiat. L'employée en question était très mal à l'aise le lendemain. Elle rougissait. Elle se sentait observée. Elle a préféré quitter mon entreprise. Depuis son départ, ça va beaucoup mieux. Je retrouve mes clients.

Son histoire me paraît ahurissante. La reprise de l'activité dans son secteur a dû tout simplement coïncider avec la démission de son employée, mais je n'ose pas le lui dire. Je me ferais rabrouer. Je me sens en minorité. Je constate le silence des deux fonctionnaires. Ils ne doivent pas y croire, mais se taisent. Ils connaissent leur région. Craindraient-ils les représailles d'un quelconque sorcier s'ils devaient contester son pouvoir ou son art? Je pose la question discrètement à l'une des fonctionnaires en prenant congé d'eux.

– Pas du tout, me répond-elle surprise. J'y crois moi aussi. Je n'avais pas envie d'évoquer mes problèmes, mais il m'arrive aussi de voir un voyant. J'ai d'ailleurs quelques soucis en ce moment. Un médium va me recevoir dans quelques jours. Voulez-vous m'accompagner? Vous serez moins méfiant, j'en suis sûr, à l'issue de la consultation.

– Permettez-moi d'y réfléchir. Je vous donnerai une réponse plus tard.

C'est tout réfléchi. Je ne compte pas l'accompagner. Les frayeurs que j'ai ressenties dans la Brenne ou près de l'aéroport m'ont suffi. Je ne tiens pas à m'en infliger d'autres. Pourtant je reste troublé. Ils sont tout de même nombreux à y croire et ne sont pas « berluziots ». C'est un terme berrichon que le père Spiesser m'a appris. Cela veut dire : simplets. Un chef d'entreprise, un restaurateur, son épouse, deux fonctionnaires, un étudiant, un contremaître et sa femme, un couple d'agriculteurs... Le panel est représentatif de la société française. Les uns et les autres travaillent, ont une vie de famille, ne sont pas marginaux et ne cultivent pas l'originalité ou la singularité. Ils en parlent d'ailleurs spontanément, sans retenue. Peut-être sont-ils tout simplement imprégnés des légendes et des traditions encore vivaces dans le Berry! Ils ont tous plus de quarante ans. Mais alors, l'étudiant? Pourquoi est-il à ce point convaincu? L'informatique, la robotique, l'électronique devraient davantage l'intéresser que la sorcellerie. Il doit être le seul de sa génération à croire encore aux tables qui tournent!

– Vous avez tort d'être incrédule. C'est une réalité, ici. Vous ne pouvez pas la nier.

Pascaline a vingt ans. Elle étudie le droit et les sciences économiques au centre universitaire de Châteauroux, où s'est déroulée la fameuse séance. Tous ses camarades qui m'entourent au café de Paris, près du centre, l'approuvent. Aucun n'en rit. Ils sont étudiants comme elle. Ils savent ce qu'ils veulent faire plus tard. Pascaline et Pascale veulent devenir magistrats; Anthony, réalisateur; Éric et Jean-Philippe, journalistes; Stéphane, chef d'entreprise; Loïc, photographe; Thierry souhaite travailler dans l'hôtellerie; seule Agnès ne sait pas encore. Ils sont plus lucides et plus inquiets que les adolescents du lycée Jean-Giraudoux et l'expriment en termes concrets.

Ils sont si près de ce qu'ils appellent : le marché du travail, et veulent être prêts à l'affronter. Ils ne le seront que s'ils obtiennent au bout de leurs études un diplôme. C'est pour eux un atout important, certes, mais un atout seulement. Ils savent qu'il leur faudra se battre, se débrouiller, s'imposer pour se faire une place au soleil. Ils font preuve d'un grand réalisme. Ils ne rêvent pas. Le hasard les aidera peut-être, mais ils comptent davantage sur leur travail et leur volonté.

Comment dans ces conditions peuvent-ils croire encore à la magie?

– Ce ne sont pas des sornettes, affirme Loïc. Je l'ai vérifié moi-même. J'avais une verrue. Aucun médecin n'a réussi à l'enlever. Un rebouteux m'a donné une clef. Il m'a demandé de la serrer très fort. Je l'ai fait. Il a prié au même moment. Ma verrue a disparu.

– Ma mère avait des boutons sur la peau, enchaîne Pascaline. Elle était très stressée. Elle s'est rendue chez un guérisseur. Il lui a conseillé de mettre des épluchures de pommes dans son bain. Elle a suivi le conseil. Elle a une très belle peau.

– Que fait votre mère?

– Elle est conseillère d'éducation.

Le témoignage de ces étudiants gais, équilibrés, cultivés, me perturbe sérieusement. Il n'est pas possible que toute une population se précipite chez son sorcier au moindre bobo! Il n'est pas possible que le corps médical l'ignore et ne réagisse pas! Ma rencontre avec le directeur de la maison de cure de Gireugne, qui côtoie le monde médical, vient à point nommé. Il me tarde de lui poser la question. Je crains que sa réponse ne soit subjective. Marc Vizeux est un ancien policier. Il était officier CRS avant d'être nommé à la Direction centrale des polices urbaines. Il a changé de fonction, mais son parcours professionnel peut l'inciter à avoir une vision répressive et à juger sévèrement ces pratiques illégales, le métier de sorcier n'étant pas reconnu par la loi. Je m'attends donc à entendre un discours musclé quand il me dit, sur un ton très doux :

– Je ressens chez mes concitoyens une détresse intérieure. Ils subissent leur vie et leur travail. Ils ont besoin d'être rassurés, sécurisés. Je le vois parmi le personnel. J'ai recours moi-même à la sophrologie. C'est une technique qui permet de se détendre et qui fait oublier le stress. Elle peut vous aider à entrer en relation avec l'être qui vous est le plus cher.

– De quelle manière?

– En le visualisant.

– Vous voulez dire : en le voyant?

– Si vous voulez.

– Ce n'est pas très scientifique?

– Je le concède. Il y a une part de magie. Mais le principe de base est strict : il faut une grande concentration.

– Comment réagissent les agents hospitaliers? Les surveillants, les infirmières, le personnel administratif?

– La plupart d'entre eux adhèrent à cette démarche.

– Et le corps médical?

– Il renâcle un peu.

Les médecins renâclent peut-être, mais quand ils ne parviennent pas à éliminer un zona, ils envoient volontiers leur patient chez un guérisseur. Plusieurs médecins d'ici me le confirment et m'obligent ainsi à ne plus nier l'évidence. Pascaline avait raison. C'est une réalité. C'est en tout cas une réalité berrichonne. J'abdique, je ne peux plus l'ignorer. Mon opinion importe peu. Je suis contraint, dans mon enquête sur la ville, de prendre en compte ce qu'on appelle dans notre jargon contemporain : un fait de société. La plupart des Castelroussins, quels que soient leur statut social, leurs convictions politiques, leur culture, croient aux pouvoirs des sorciers et s'en remettent à eux lorsqu'ils souffrent d'un mal persistant, lorsque tous les remèdes prescrits par les soignants échouent. Ces sorciers ont leur spécialité, leur « discipline », comme les médecins. Certains sont rebouteux ou guérisseurs, d'autres sont simplement voyants. Ils ne prétendent pas « barrer » un zona ou guérir un cancer, mais ils peuvent – ils l'assurent –, soigner vos états d'âme et vous indiquer la route que vous ne trouvez pas. Elle mène au bonheur; ils vous le garantissent. Et ils sont débordés de travail. Il faut prendre rendez-vous longtemps à l'avance. La ville se bouscule pour voir son voyant. De quoi souffre-t-elle sinon d'un vague à l'âme? Qui pourrait le soigner sinon un sorcier? La science a échoué; elle l'a même aggravé. La médecine est impuissante, elle ne trouve aucun traitement. La politique s'en fiche, elle n'en parle jamais. La religion en parle toujours, mais plus personne n'écoute. Il y avait donc un vide. La magie l'a compris. Elle a pris leur place et occupe toute la place. Elle n'interdit jamais comme la religion, ne se montre pas sectaire comme la politique, se garde d'opérer, comme la médecine, et offre des « voyages » dans des contrées lointaines que la science ne propose jamais, dans des contrées lointaines que la science trop sage ne tient pas à connaître. Il lui arrive pourtant d'en faire quelquefois, sur la lune par exemple. Mais lorsqu'elle revient, elle semble si déçue; elle nous dit : « Il n'y a rien à voir. » Comment peut-on rêver si la lune est déserte, si tout est démystifié? La magie a bondi sur cette erreur grossière, a brandi sa boule de cristal et a dit aux passants qui marchaient tête baissée : « Venez dans ma maison. Je vous ferai rêver. »

Ils vont donc chez Michel G. qui toujours les rassure et qui, en quelques mots et pour quelques billets

– qui ne sont pas remboursés par la Sécurité sociale, dissipe leurs états d'âme. Mais l'âme est ainsi faite qu'elle se plaint très souvent. Ils se rendent donc à nouveau chez Michel G. qui referme la plaie, mais pour quelque temps seulement. Il a ainsi la certitude de revoir ses clients. Michel le voyant gagne beaucoup d'argent.

A quoi ressemble ce magicien des villes? Est-ce un marabout à la barbe traînante? Ou un vieil enchanteur à la voix cassée? Quel âge peut-il avoir? Et combien de fantômes gardent sa maison?

Je me pose ces questions en me rendant chez lui. J'ai donc changé d'avis. Je n'ai pas résisté au mal dont je souffre : la curiosité. C'est le besoin de savoir, mais aussi de tout voir. En revanche, j'appréhende cette nouvelle rencontre. Le plus voyeur des deux, c'est Michel le voyant. Et je ne tiens pas à ce qu'il voie ma vie. Je ne voudrais surtout pas entendre de sombres prédictions sur mon propre avenir. Il m'appartient. Je ne laisserai pas un sorcier décider à ma place. Je poserai les questions, lui me répondra et, s'il me fait trop peur, je ne resterai pas.

La surprise est de taille, c'est le cas de le dire. C'est un immense jeune homme qui m'accueille dans sa maison blanche. Enfin une maison blanche! Il n'a même pas trente ans. Cheveux noirs et bouclés, pantalon de cuir noir et chaussettes blanches. Il enlève toujours ses chaussures quand il « voit ». Mais là, je le préviens, je ne veux pas qu'il voie.

– Je sais, me répond-il. Mais si j'entre en transe tout en vous parlant, vous ne m'en empêcherez pas.

Je prie pour qu'il reste « normal » le temps de l'entretien; je réalise mal qu'il puisse entrer dans un état second, là, dans ce salon qui ressemble tant à d'autres salons-salles à manger. Des fauteuils confortables style Tousalon, un poste de télé, une petite bonnetière, six chaises autour d'une table et un buffet banal. C'est plutôt décevant. Je m'attendais à voir une baraque obscure et noire et plusieurs bibelots enfouis sous la poussière, et je découvre une maison claire et blanche semblable aux autres maisons, dans un quartier paisible.

Un seul objet tout de même la distingue des autres pavillons. Il représente ce petit animal que le père Spiesser aime tant : la chouette. Le curé en a une, elle « vit » dans sa cuisine. Chez Michel le médium, elles sont partout. Dans l'entrée, le salon, le couloir, la salle de bains, sur les murs, sur le buffet, dans la cuisine. Elles sont toutes différentes, de taille, de forme et de couleurs. Plusieurs espèces cohabitent : des harpangs, des chevêches, des hulottes, des effraies. Je tente de les compter. Michel G. s'en rend compte.

– J'en ai cent, me dit-il.

– Ce sont elles qui vous inspirent?

– Oui, en partie.

– Et que vous inspirent-elles?

– La clairvoyance et la sagesse.

– Tous les sorciers en ont?

– Je ne suis pas un sorcier.

– Mais alors, qui êtes-vous?

– Un médium spirite.

– Ce n'est pas la même chose?

– Pas du tout. Vous faites une confusion. Les sorciers sont des êtres malfaisants. Leur travail consiste à jeter des sorts. Moi, je les conjure.

– Vous vous complétez en quelque sorte?

– Absolument pas. Nous nous opposons au contraire. Notre formation est radicalement différente.

– Formation?

– Bien sûr. Nous avons tous nos maîtres.

– Quels sont ceux des sorciers?

– C'est le *Petit Albert*.

– C'est un gnome?
– C'est un guide. Mais je plaisantais. Je pensais au *Petit Robert*. C'est en fait le *Grand Albert*.
– C'est donc un dictionnaire.
– En quelque sorte. C'est un guide pour sorciers.
– Je pourrais l'être aussi si j'avais ce guide?
– Non. Il faut avoir un don.
– Et vous l'avez vous-même?
– Oui. Mais pas un don de sorcier. J'insiste sur ce point. Je suis médium spirite.
– Quel est donc ce don?
– Je communique avec les esprits, vivants ou morts. Je *vois* ce que vous ne voyez pas.
– Et qui vient vous voir pour *voir*?
– Des commerçants, des chefs d'entreprise, des ouvriers, des femmes, des hommes...
– Ils sont nombreux chaque jour?
– A Châteauroux, une dizaine par jour en moyenne.
– A Châteauroux? Cela veut dire que vous recevez ailleurs?
– Oui, à Poitiers, à Nîmes et dans d'autres villes. Je me déplace souvent.
– Vous avez une maison dans chacune de ces villes?
– Non, je vais à l'hôtel.
– Vous louez une salle?
– Non, cela coûte trop cher. Je reçois dans ma chambre.
– A l'insu du directeur?
– Pas du tout. Il sait ce que je fais.
– Et vos voisins, savent-ils aussi?
– Évidemment, je ne me cache pas.
– Mais alors la police?
– Comment la police?
– Votre activité est illégale.
– Pour être précis elle n'est pas légale, mais elle est tolérée.

– C'est injuste.

– Pourquoi est-ce injuste?

– Parce que vous échappez au fisc, contrairement aux autres professions.

– Vous vous trompez. Je déclare tout au fisc. Et il ne s'en plaint pas, croyez-moi.

– Que voulez-vous dire? L'État gagne de l'argent grâce à vous?

– Beaucoup d'argent. Ma consultation coûte au client deux cent cinquante francs TTC. Sur cette somme, je paie une TVA de cinquante francs, cinquante francs de cotisations multiples et quarante-cinq pour cent d'impôts. Il ne reste pas grand-chose.

– Les fins de mois sont difficiles?

– Honnêtement, non. Je ne me plains pas. Je vis bien.

– Cela vous gêne-t-il de me dire ce que vous gagnez en un an?

– C'est facile de calculer. Je vous ai précisé le montant de la visite et le nombre de clients. Mais n'oubliez ni la TVA ni les cotisations ni les impôts.

Il n'est pas utile de faire une multiplication pour comprendre que le médium spirite de Châteauroux gagne beaucoup plus d'argent que le curé de Moulins-sur-Céphons. Il en gagne d'autant plus que sa femme travaille. Elle soigne elle aussi, mais d'une autre manière. Elle est infirmière. Elle a connu Michel G. avant de passer un examen. Elle avait appelé le voyant pour savoir si elle allait le réussir. « Faites attention au coton » lui avait-il dit, prudent. Il ne s'engageait pas trop. Une jeune fille qui passe un examen pour devenir infirmière fait forcément attention au coton lors des travaux pratiques. Mais il avait eu un bon pressentiment. Bon pour lui, mauvais pour elle. Elle avait oublié le coton lors d'un test. Elle a été si impressionnée par sa prédiction qu'elle a voulu vivre avec lui. Il lui a dit « oui »... à l'église! Et ne le regrette pas. Ils sont heureux. Cela se voit au moment où elle nous rejoint. La tendresse qui les unit me fait oublier l'appréhension que j'avais en entrant dans cette maison. Cela me rend perplexe. Comment peut-il communiquer avec les esprits dans un climat aussi familial? A-t-il une nouvelle fois deviné mes pensées?

– Désirez-vous poursuivre la conversation dans mon bureau? propose-t-il.

– Vous ne travaillez pas ici?

– Ah! non.

Nous nous y rendons aussitôt, en voiture. Et là, changement de décor. A-t-il attendu délibérément la tombée de la nuit pour me faire visiter son « lieu de travail »? C'est possible. Le crépuscule donne, en effet, à son autre maison un aspect lugubre et me fait entrer butalement dans un autre monde, le sien. Elle se situe pourtant au cœur de la ville près de la gare, sur une des avenues les plus bruyantes de Châteauroux, l'avenue de La Châtre. Elle ne ressemble à aucune autre habitation. Coincée entre deux immeubles, l'un de sept étages, l'autre de trois, elle semble narguer tout le voisinage avec son toit pointu aux tuiles pourries par l'humidité, sa cigogne juchée sur le toit, sa pierre de taille grise fatiguée par le temps, son portail évidemment grinçant, ses volets métalliques fermés bien sûr, sa façade ouest lézardée, traversée d'une longue balafre, et son terrain vague et boueux. Une planche de bois sert de passerelle pour y accéder.

J'imagine aisément ce que peut ressentir le client dès qu'il entre dans cet antre. A l'angoisse qui doit le saisir s'ajoute l'angoisse qui l'a fait venir. Il est donc encore plus noué lorsqu'il pénètre dans le « bureau » du médium spirite; quand il s'assoit en face de lui, dans une toute petite pièce – la maison est pourtant grande –, et qu'il expose, intimidé, les raisons de sa visite; il le fait dans la pénombre, les volets étant fermés, devine la boule de cristal, aperçoit les jeux de cartes, découvre le pendule et commence à parler. Difficilement. Il doit avoir du mal à prononcer ses premiers mots. Il doit même bégayer. On ne peut que bégayer quand on sent derrière soi le regard d'une chouette figée dans un tableau, et qu'on a, face à soi, un homme de deux mètres de haut, qui ôte ses lunettes, vous fixe intensément de ses grands yeux noirs, se met à transpirer, et vous dit, haletant, puis répète, suffoquant : « Voilà ce que je vois... »

Il est temps de sortir. Il fait si bon dehors! Il fait pourtant très froid.

Je dois être le seul à craindre les fantômes qui peuplent (il en est sûr) cette grande maison grise. Il a tant de clients qu'il est débordé. Il est très apprécié, mais il n'est pas le seul. Près de deux cent cinquante voyants se disputent le marché. Le filon est si bon qu'il attire d'autres voyants. Il suffit de feuilleter le *Carillon 36* pour avoir leur adresse. Il s'agit du bulletin des petites annonces distribué gratuitement par tous les commerçants de la ville. De nombreuses affaires se font, grâce au *Carillon.* Affaires en tous genres. Rencontres en tous genres, entre couples, entre hommes, entre femmes, entre hommes et femmes. La rubrique « voyance » n'est pas la moins fournie. Deux nouveaux venus tentent de s'imposer, photos à l'appui. « Sadia Cisse, marabout-voyant, médium très fort. Soigne tous les problèmes par plantes et magie. Vous qui voulez des résultats immédiats, passez sans tarder, bas prix. Reçoit tous les jours, même le dimanche de huit heures à vingt et une heures. » Suivent l'adresse et le numéro de téléphone. Son concurrent se veut plus précis. « M. Diaby, marabout-voyant, médium très fort. Le centre le plus important de la magie africaine. Contre les ennemis(es) – Travail – Amour entre hommes et femmes – Fidélité absolue entre époux – Attraction de clientèle pour vendeurs – Affection retrouvée. Complexe physique et moral – Désenvoûtement – Chance. Succès. Réussite dans tous les domaines. Travail garanti efficace. Si ton mari ou ta femme est parti(e), tu viens ici, tu vas le (la) voir dans la même semaine. Travaille aussi par correspondance. Reçoit tous les jours de huit heures à vingt et une heures. Vous qui voulez des résultats qui vont vous convaincre, passer au... » Adresse et téléphone également.

La magie africaine à la conquête du Berry! La corporation locale devra être vigilante. Si les deux marabouts ont pris le risque de grelotter dans les bocages berrichons, c'est parce qu'ils ont dû avoir de l'autre côté des mers, dans la brousse ou la savane, une forte intuition. Ils ont forcément « vu », donc prédit leur propre succès, puisqu'ils sont là. Mais gare au *Grand Albert*! Les sorciers du Berry n'apprécieront sans doute pas l'intrusion de tous ces « Mamadous » et de leurs talismans!

19

– Alors, êtes-vous toujours aussi sceptique?

La dame qui m'avait proposé de la suivre chez un médium, et que je rencontre à nouveau au cours d'une réception, semble triompher. Le récit de mon aventure et surtout le résultat de mon enquête sur la voyance dans la ville l'intéressent. Ils ne la surprennent pas. Elle s'y attendait; ils la confortent dans l'idée qu'elle a raison d'y croire. Ils la déculpabilisent en quelque sorte. Le fait que des étudiants, des chefs d'entreprise, des médecins et des hauts fonctionnaires se comportent comme elle la rassure.

– Êtes-vous prêt à m'accompagner cette fois?

J'ai une nouvelle fois la tentation de refuser. Dans quelle galère me suis-je engagé? J'aurais pu écrire tranquillement à Paris, au chaud chez moi, un essai sur l'humeur des Français et l'état du pays. J'aurais pu utiliser simplement les sondages si fréquents et m'entretenir avec les hommes politiques, les sociologues, les économistes, les psychologues qui vivent dans la capitale. J'en aurais fait une synthèse; j'en aurais tiré les enseignements et j'aurais proposé en conclusion ma propre vision, ma propre opinion sur la France, aujourd'hui, deux cents ans après la Révolution. J'aurais repris, en le citant, la formule d'Edgar Faure : « Il y a encore tant de Bastille à prendre. » Je l'aurais pimenté de quelques remarques acides sur le Tout-Paris. Le Tout-Paris en est friand. Et je serais allé ensuite de cocktail en cocktail en dissertant gravement sur la France profonde que j'aurais décrite savamment, si loin d'elle.

Pourquoi ne l'ai-je pas fait? C'eût été si simple et si agréable. Pourquoi ai-je décidé de quitter mon chez-moi et de débarquer seul dans une ville que je ne connaissais pas? Pour me retrouver là, dans un cocktail local, en face d'une dame qui me propose gentiment de la suivre chez un médium? Je crois rêver.

Est-ce la ville moyenne que je pensais découvrir? Non, évidemment. Mais une ville, ce n'est pas uniquement un centre universitaire, une préfecture, un supermarché, et une église. Ce n'est pas seulement l'Élysée Hôtel, la place de la République et la mairie. C'est aussi la Guinguette, la Bohème et la maison à la cigogne! J'ai voulu jouer au voyeur. Je dois jouer jusqu'au bout. Je ne peux pas m'esquiver.

– Où vous retrouverai-je?

– Je vous emmènerai, me répond-elle, ravie. Ce sera plus discret.

Ça l'est effectivement. Une petite maison blanche à un étage, route d'Argenton. Une large contre-allée. Les voitures passent rapidement. Personne ne remarque notre entrée. Les volets sont déjà clos. Il fait nuit, ce qui me met encore une fois mal à l'aise. Pourquoi reçoivent-ils ainsi entre chien et loup?

Une femme nous accueille dans un petit salon. Menue et souriante, elle veut d'emblée dissiper tout malentendu.

– Je ne suis pas voyante, mais radiesthésiste. Je tiens à ce terme.

Autrement dit « sourcière » et non pas sorcière. Une seule lettre différencie ces deux mots, et ce « u » a une importance capitale aux yeux des sourciers. L'importance d'une caution scientifique qu'ils s'octroient eux-mêmes. Un radiesthésiste est simplement un homme plus réceptif que d'autres à certaines radiations.

A-t-elle décelé les miennes? A-t-elle décelé mon trouble? C'est probable. Cela explique la fermeté avec laquelle elle fait cette mise au point.

Alors pourquoi les boutons de sa robe écossaise en flanelle ont-ils tous pour motif une chouette? Je me garde de lui poser la question. Je me tais. Ce n'est pas moi le client. Le chat noir qui surgit ne le sait pas. Il bondit sur mes genoux et d'un coup de griffe m'égratigne la main gauche. Mauvais signe. Quel rôle joue-t-il? Est-il chargé d'impressionner le visiteur? La dame que j'accompagne ne veut pas être impressionnée.

– Peut-il sortir? demande-t-elle.

– Vous n'aimez pas les chats.

– Les chats noirs me font peur.

– Je vais le faire sortir. (Ce qu'elle fait aussitôt avant de s'asseoir à nouveau autour de la petite table ronde Louis-Philippe.) Alors, lui demande-t-elle, quel est votre problème?

– Je suis malheureuse. J'aimerais savoir pourquoi. Je ne voudrais plus l'être. J'aimerais savoir comment.

– Bien. Nous allons *voir* ensemble, répond la radiesthésiste qui sort de sa poche un pendule en métal doré.

– Faites-vous les cartes du ciel?

– Non. Mon mari, oui. Pas moi. Je n'aime pas faire les thèmes.

Je ne comprends rien à ce qu'elles se disent, mais je continue d'écouter avec attention tout en découvrant la pièce dans laquelle nous nous trouvons. Je cherche les chouettes, je n'en trouve pas, en revanche il y a un nombre impressionnant de soldats de plomb de l'époque napoléonienne et plusieurs portraits de Bonaparte. Il est partout, sur tous les murs. Un tableau retrace même son passage, à la tête de son armée, du Grand-Saint-Bernard en 1800. Pourquoi est-il omniprésent dans ce salon? Était-il intéressé par l'occultisme? Est-il le grand inspirateur de la sourcière? Je le demanderais volontiers à l'homme qui passe tout à coup dans la pièce. Mais il nous regarde, méfiant, et disparaît aussitôt dans l'escalier. C'est son mari sans doute. Il a ôté ses chaussures, lui aussi, comme Michel le médium.

– Alors, pourquoi êtes-vous malheureuse?

– Parce que...

La discrétion m'oblige à taire la suite de ses propos. La dame que j'accompagne précise les raisons de la malédiction qui, croit-elle, pèse sur elle. Si je les rapportais, elle serait aussitôt identifiée par la ville qui sait tout sur tous...

– Vous voulez savoir si vous pouvez vous en sortir?

– Oui.

J'ai moi-même le sentiment, connaissant son histoire, qu'elle peut s'en sortir toute seule. Elle ne manque ni de volonté ni de caractère. Pourquoi, dans ce cas fait-elle appel à une personne qu'elle ne connaît pas, qui ne la connaît pas et qui risque de l'influencer? Est-elle à ce point désemparée? Elle ne le montre pourtant pas en ville.

La radiesthésiste pose alors sur la table une grande carte que je vois à l'envers. J'essaie d'en lire le contenu. Je vois bien les couleurs. Elle est noire et blanche. Je devine les traits. Elle me fait penser aux tableaux que nous présentons lors des soirées électorales. Nous les appelons : camemberts, dans notre langage journalistique. Elle a la forme de l'hémicycle de l'Assemblée nationale. Mais je préfère encore le brouhaha et les cris des députés au silence de plus en plus pesant qui règne dans la pièce. Je crois lire des mots comme : mauvais-peur-incertain-bon.

Elle fait alors osciller la petite boule du pendule au-dessus de la carte, fait la moue, prend une autre carte, illisible, note la date de naissance de sa cliente sur un bout de papier jaune, le place sous le pendule, grimace à nouveau; puis elle lève la tête, regarde fixement celle qui attend, angoissée, et lui demande alors si elle sait « visualiser ».

– Non, lui répond-elle.

– Alors, voilà ce que vous allez faire. Vous allez vous allonger ce soir, chez vous. Vous laisserez l'une de vos mains le long du corps, vous poserez l'autre sur le plexus solaire. Vous aspirerez et vous expirerez longuement, à trois reprises. Vous fermerez les yeux et vous imaginerez un tableau noir à votre droite, un tableau blanc à votre gauche. Vous écrirez sur le tableau noir ce que vous souhaitez obtenir. Vous le relirez, les yeux fermés, trois fois et vous vous direz : j'aurai une réponse demain sur le tableau blanc.

– Devrai-je écrire tous les soirs?

– Oui, tous les soirs jusqu'au moment où vous obtiendrez la réponse.

– Dites-moi la vérité? Suis-je envoûtée?

– Je ne le crois pas, mais sait-on jamais. Donnez-moi les noms de...

Je n'attends pas de connaître les noms de... pour éprouver furieusement le besoin de quitter la pièce, respirer un autre air, les yeux ouverts, sans m'allonger et sans tableaux noirs ou blancs.

– Pardonnez-moi de vous interrompre, leur dis-je. J'ai un rendez-vous. Je dois partir.

20

Et je pars sans même attendre leur réponse.

Il fait encore plus froid, route d'Argenton, que l'autre soir, avenue de La Châtre. Les voitures sont rares. Il n'y a plus de passants.

Où est-ce Argenton? Je crois entendre la musique que j'avais entendue le soir de mon arrivée : celle du film *Bagdad Café*. J'ai le sentiment, plus que jamais, de me trouver « au milieu de nulle part ».

Il est temps de rentrer. Je pars définitivement. Je quitte la ville sans en informer quiconque. Elle m'en voudra peut-être. Mais c'est le seul moyen de lui échapper. De ne pas me laisser happer par sa complainte qui m'a ému.

J'étais entré voyeur et je m'en vais voleur. Avec dans mes bagages les mille et un secrets d'une ville que je croyais quelconque, tout habillée de gris. Mais je l'ai dévêtue, impudique et curieux. Elle s'est d'abord tue, réticente et gênée, puis s'est laissé faire tout en murmurant. Et j'ai découvert sous sa robe de brume ce qu'elle ne montre jamais à l'étranger qui passe : sa douce mélancolie. Douce comme un poème qu'elle écrit tard le soir, qu'elle ne fait pas lire. Elle est bien trop timide.

Elle a remis sa robe, elle la remet chaque soir avant de s'endormir. J'en profite pour m'éclipser discrètement.

La place de la République est déserte. Elle l'était déjà le soir de mon arrivée.

L'Élysée Hôtel est fermé. Il est à peine vingt et une heures. Qui occupe ce soir la chambre trente-cinq, au troisième étage, sous la rotonde? Un voyageur de commerce sans doute. A quoi doit-il penser en découvrant cette ville cloîtrée, immobile comme l'Indre qui semble s'être arrêtée à Châteauroux? Il ne se passe rien, doit-il se dire.

Je le pensais aussi en me promenant le premier soir, rue Jean-Jacques-Rousseau, rue Victor-Hugo, place Gambetta, place Sainte-Hélène. Je me suis trompé. Il se passe ici ce qui se passe dans toutes les villes de France. Les unes le montrent, les autres le cachent. Certaines s'exhibent, d'autres se taisent.

J'éprouve à nouveau le besoin de faire un tour, un dernier tour avant de reprendre la route de Paris. La petite rue du Palan, rue du Château-Raoul, parc de Belle-Isle : le Nouveau-Théâtre est éclairé. Une des rares lumières dans la ville. Eric Sadin doit répéter avec sa troupe *La Fausse Suivante* de Marivaux. Je pense à ce qu'il avait écrit et dit en présentant la pièce : « Le théâtre de Marivaux porte dans sa profondeur tout le tragique de la condition humaine. *La Fausse Suivante* est avant tout l'histoire d'êtres en crise, n'ayant plus de ressources pour survivre que les leurs. »

La Guinguette est fermée. Mais plusieurs voitures rôdent déjà dans le parc. C'est un autre spectacle qui commence dans l'ombre, que personne ne veut voir. Les acteurs sont « maudits ». Christian « joue » tout de même, pour tenter de survivre.

Avenue Gédon-du-Château, avenue de Paris, place Voltaire, place de la Gare : Loïc, le jeune clochard, doit être bien seul ce soir. Muriel aussi à la Bohème, boulevard Saint-Denis. Ils doivent envier tous les notables qui dînent sans doute chez Dumonet. Savent-ils seulement que ces notables sont seuls aussi et qu'ils font mine de ne pas l'être?

Rue du Conseil : Dominique, l'écrivain, écrit à Donald, l'Américain. Il avait si froid qu'il est parti pour une autre ville plus au sud. Il reviendra mais au printemps.

Avenue de la Gare, rue Victor-Hugo, rue de la République. Il n'y a pas de conférence ce soir au centre universitaire. Pascaline est chez elle. Elle est triste. Son copain l'a quittée. Fera-t-elle appel, pour le retrouver, à Michel le voyant qu'elle croisera sans doute dans ce centre, salle George-Sand?

Je n'ai pas le courage de passer par la ZUP. J'imagine Boumediene, l'immigré berrichon, attendant, impatient. une carte... d'identité.

Je croyais faire une analyse politique sur l'état d'une ville moyenne en France à quelques années du troisième millénaire et je livre un récit où tout se mêle et s'entremêle. Je pensais énoncer quelques idées sur les relations entre la société politique et la société civile, mais les confessions entendues m'ont fait oublier ce thème à la mode. L'émotion a balayé ces idées si souvent rebattues... mais à Paris seulement.

Je comptais écrire un essai. J'ai l'impression d'avoir écrit un roman, d'avoir vécu avec des personnages de roman. Les personnages existent. J'ai bien rencontré Mme Volatron, Mme Moineau, Paula Kerob, le Dr Cazala, Robert de la Rochefoucauld, l'homme en redingote bleue, Patrick Serpeau le chirurgien, l'autre Patrick qui n'a plus rien, le préfet Aubry-Lecomte, Pierrette la boutonnière et son P-DG Françoise Borne... Devrai-je tous les citer? Non, c'est inutile. Ils se reconnaîtront dans cette chronique d'une vie tranquille à Châteauroux. Une chronique sans intrigue, sans début et sans fin. J'ai pourtant tenté de les réunir, de les rassembler dans une seule et même histoire. Je n'y suis pas parvenu. Impossible de les faire monter ensemble sur les planches de leur théâtre pour un tableau final. Ils n'ont pas voulu se rencontrer. Ils ont refusé de se montrer en public devant témoins. Ils voulaient bien « jouer » mais seuls sur scène. Je suis donc allé de loge en loge, de salle en salle; j'ai eu ce privilège pour assister, seul moi aussi, à leurs scènes, à ces « scènes de la vie de province ».

Châteauroux-Déols-l'Aéroport... Combien d'Exocet été livrés ce soir?

Nationale 20. Vatan-Massay-Vierzon-Salbris. Je laisse derrière moi le « pays des harmonies », le doux Berry, si doux qu'il n'élève jamais la voix.

Autoroute A 71. Je m'arrête un instant, à la hauteur de la rivière Véant. Je crois lire Néant. Pas une seule station d'essence sur cette nouvelle autoroute. Pas une seule lumière. J'écoute le silence. Je guette les chouettes. Je devrais en offrir une au Grand Magicien qui se trouve à Paris, dans l'Élysée Palais. Elle pourrait l'inspirer et l'aider à rassembler tous les personnages de ce roman de la vie, à les rendre plus heureux. Pourquoi ne ferait-il pas comme la dame de la route d'Argenton? Il pourrait se pencher à son tour sur une carte, la grande carte de France, et ferait osciller un lourd pendule au-dessus du pays. Il « verrait » ainsi ce qui ne va pas et pourrait peut-être soigner ce mal étrange qui hante toutes les villes et que j'ai découvert au centre de la France : « le Blues de Châteauroux ».

Cet ouvrage a été réalisé sur
Système Cameron
par la SOCIÉTÉ NOUVELLE FIRMIN-DIDOT
Mesnil-sur-l'Estrée
pour le compte des Éditions Flammarion
le 15 février 1989

Imprimé en France
Dépôt légal : mars 1989
N° d'impression : 11390

Cet ouvrage a été réalisé [illegible]

[illegible]

par la SOCIÉTÉ NOUVELLE FIRMIN-DIDOT

Mesnil-sur-l'Estrée

pour le compte des Éditions Flammarion

le [illegible]

[illegible]